芥川賞直木賞秘話

高橋一清

Kazukiyo Takahashi

青志社

目次

装丁・本文デザイン　岩瀬聡

芥川賞直木賞秘話

高橋一清

青志社

一、候補作品がそろうまで

昭和四十二（一九六七）年春のことです。二週間に一度、編集局、出版局から先輩社員たちの姿が消えていく日がありました。Ａ４の紙一枚と数冊の文藝誌、単行本、そして同人誌を何冊か小脇にかかえ、中にはノートを携えている者もいました。

会議室に集まって話し合いがなされていることは察せられました。その年、昭和四十二年入社の新入社員の私は、ひとり編集局に残り、電話番をつとめるのです。

四月中は、さほど感じませんでしたが、五月の連休明けの日、会議が終って、編集部に戻った先輩たちの顔が、思いなしか紅潮しているのがわかりました。そして頭をつき合わせて、小声で語り合います。言葉の端々が耳に入ります。「残った」「落ちた」が頻出する話なのです。

その頃には、会議は芥川賞・直木賞の選考にかける作品を選ぶ、下読みをする社内選考委員会であることは、私にはわかっていました。

入社三、四年目から、定年退職間近の文藝担当の出版部員、「オール讀物」や、私が所属する「文學界」「別冊文藝春秋」両誌の編集部員が、その社内選考委員会の構成員でした。

二月半ばに行われた前回の芥川賞・直木賞受賞式からほどなくして始められた会議は、月を追うごとに会と会の間が短くなり五月中旬から六月にかけて、会議は毎週開かれ、最後の会議は三日後に行われました。この時は、いつになく早く散会となり、先輩社員たちは、それまでとは違って、声を上げて話しながら編集局に戻って来るのでした。

戻りを迎える私の顔に、知りたそうな表情を見て取った豊田健次先輩が私を手招きします。

「絶対にもらしてはならないぜ」と言いながら、A４の紙を目の前にひろげました。

右肩に赤い丸秘の印が押され、その下に「第五十七回芥川賞・直木賞　社内選考委員会」と書かれ、右側に「芥川賞」、左側に「直木賞」とあって作品名、作者名、発表誌また出版社名が書かれていました。その下には細い字で推薦者の名前、新聞社文化部名、同人誌編集部名が記されていました。所々に氏名の周囲が、枠囲いされているのがあります。その名は、選考委員の名前です。これは委員推薦ということで、委員の先生方も読まれて感心された作品を伝えられているのが知れます。この他、活動しておられる作家の方の名もあり、今日では崩壊しているように思われる文壇というものがあり、その全体が注目し盛り立てている賞であることがうかがえました。

作品名それぞれに上下して二つの数字が記されています。上の数字が「残しに賛成」、下が「残しに反対」ということです。中には賛成と反対が同数で二回目、さらに三回目の多数決を取ったあとのあるものもありました。そして上の数字の大きい作品の上辺の余白に丸印が付けられているのでした。

「これが今回の候補作品ですね」と口にしたところ、

「これはまだ候補作品ではない。日本文学振興会の理事長である文藝春秋の社長、池島信平さんの了解を得て、当人たちに連絡し、承諾を得て初めて予選通過作品になるのだ」

選考会では、まず委員たちに予選通過作品を選考対象としていただけるかうかがい、「異議なし」の返答を得て、初めて候補作品になると説明を受けました。

「ということは、これで決まりではないのですね」

豊田先輩は「そういうことだ」と短く答えると、紙を折りたたんで抽《ひ》き出しにしまいました。

前回、第五十六回昭和四十一（一九六六）年下半期の芥川賞は、当時、史上最年少の受賞者丸山健二さんの『夏の流れ』、直木賞は人気沸騰の五木寛之さん『蒼ざめた馬を見よ』で、両作とも豊田先輩が担当したものでした。丸山さんは「文學界」新人賞の受賞作がそのまま芥川賞も受賞しました。丸山さんについては、当時の「文學界」編集部での評価は低く、豊田先輩がひとり才能を認め担当を自ら名乗り出たと聞きました。新人賞受賞発表をめぐっては、このようなことはままあることで、選考委員が気前よく受賞者にしたと受け取っていたのでしょう。丸山さんが芥川賞まで受賞すると信じた者は、豊田先輩の他、編集部員にはいなかったといいます。五木さんは『さらば、モスクワ愚連隊』が「小説現代」新人賞を受賞し注目を浴び、それは第五十五回直木賞候補になっていたのですが、受賞に到らず、次作に期待するというのが選考委員たちの意見だったのです。この作家の勢いはめざましいものがありました。豊田先輩が五木さんに執筆を依頼し、手にして「別冊文藝春秋」に掲げたのが『蒼ざめた馬を見よ』だったのです。豊田先輩にとっては自分が強く推した作品、担当した作品の受賞でした。それに比べると今回は、やや気持がのらないものだったかもしれません。

抽き出しにしまわれた紙の○《マル》印の付いた作品の中に『カクテル・パーティー』、「大城立裕」、「『新沖縄文学』四号昭和四十二年二月発行」とあるのを目にとめました。これには見覚えがありました。

各編集部には、誰もが見える場所に縦横四十センチ、深さ三十センチほどの鉄製の網籠が置かれ、預った原稿、組み置きのゲラがおさめられていました。備《そな》え付けのノートがあり、それには作品名、作者名、預り日、返却日のほか、備考欄には、作品によっては紹介者の名前が書かれていました。

コピー機は世に出ていたというもの、複写は経費が高く、使用にあたっては上司の許可をとってから、と決められていました。原稿の複写もままならなかったのでした。よって原稿の取扱いには注意が払われていました。有名、無名の区別なく、二つとないものとして、編集者は生命をかけて守るものと言い聞かせられていました。ちょうどその頃、司馬遼太郎さんが大阪から送られた「別冊文藝春秋」第百号に掲載の『要塞』の原稿を、新橋駅の客車便窓口に受け取りに行く時、デスク（進行役）の池田吉之助先輩から言われた「お前は死んでも原稿だけは持って帰れ」という言葉は忘れられません。この司馬さんの小説は、次号に『腹を切ること』が書かれ、まとめて『殉死』として上梓されました。これまでの神格化された乃木希典将軍像を一変させた司馬さんの代表作のひとつです。

火災予防訓練の時、編集部員がまず持ち出すのは、この原稿とゲラの入った網籠でした。「この中の作品は、いずれ掲載を検討する作品だから空いた時間に読んでおくように」

これもデスクから聞かされていました。

大城さんの『カクテル・パーティー』の備考欄に大江健三郎さんの名がありました。後で知ることですが、沖縄に講演に行った大江さんが預り、「文學界」編集部に紹介した作品でした。

掲載について編集部がなかなか判断を下さないことで、大城さんに返却を求められたのでした。戻された作品は「新沖縄文学」編集部に渡されました。『カクテル・パーティー』は、このような経緯をたどって世に出た作品でした。掲載誌は編集部から日本文学振興会に送られ、芥川賞の社内選考委員会での検討作品となったのです。

日本文学振興会では、全国に呼びかけ、同人誌発行のおりは、三部を賞の資料として送っていただきたい旨、告知をしていました。振興会の一室には書棚があって送られる同人誌の一冊を収め、二冊は社内選考委員が読みました。『カクテル・パーティー』は、そうして予選通過作品の一篇となったのです。

大城さんの『カクテル・パーティー』から何作かおいて、〈阿部牧郎《まきお》『蛸と精鋭』「文學界」新人賞候補作品〉という一行がありました。

これは新人賞の候補作品となりながら、受賞に至らなかった作品で、物語の面白さ、そして筆力を評価した豊田先輩が、新人賞候補作品として作られたゲラを網籠に入れ、日の目を見る機会をうかがっていたものでした。私は読み、率直に面白い作品と思いました。

「この筆者はエンタティメントを書く、直木賞の方へ向うといいと思います」と豊田先輩に伝えたのでした。

それが働いたとは思いませんが、作品は「別册文藝春秋」第百四号に掲載され、第五十九回昭和四十三（一九六八）年上半期の直木賞候補作品となりました。阿部牧郎さんはこれを機に文壇注目のエンタティメント作家となりました。そして、二十年後に『それぞれの最終章』で、第九十八回昭和六十二（一九八七）年下半期直木賞を受賞します。網籠の中には、そういうさまざまな可能性をもった作品があったのです。

大城立裕さんの『カクテル・パーティー』は、七月二十一日の選考委員会で芥川賞受賞作となり、「芥川賞　海を渡る」と報じられました。同日行われた直木賞では生島治郎さんが『追いつめる』で受賞しました。この宵、文藝春秋の一角で、生島さんの記者会見が行なわれました。これが受賞者と記者が一堂に会する会見の最初です。それまでは、個々に記者が作家の家に押しかけました。日頃は閑静な住宅地が、騒々しくなり近所迷惑と苦情が寄せられるようになったのです。わけてもテレビ局の取材となると、道路に大型の電源車を停め、何本もの太いコードを路上に這わせ、交通整理の警察官も出動することになります。一文学賞の沙汰で、これはいかがなものであるか、との判断で、記者会見の場を設定したのでした。記者の方々の椅子の配置はもとより、ジャーナリズムの世界で、記者会見の前例がなく、私は、当時、「週刊文春」で連載小説を担当していた小林正明先輩に相談しながら適当に椅子を並べました。椅子に掛け、テーブルにスタンドマイクを置く形は、今日も続いています。次の第五十八回昭和四十二（一九六七）年下半期からは新橋の第一ホテルの新館ロビーを借りての記者会見となりました。この回の芥川賞は『徳山道助の帰郷』の柏原兵三さん、直木賞は『アメリカひじき』『火垂るの墓』の野坂昭如さん、『聖少女』の三好徹さんでした。

大城さんの芥川賞受賞は、格好のジャーナリズム話題となりました。芥川賞受賞作品を発表掲載する「文藝春秋」編集部は沸いていました。岡崎満義先輩が「沖縄問題もあって社会性があり、話題になる」と言っているのが聞こえます。編集部と私の席は十メートルは離れているのですが、岡崎先輩は大柄で、声はよく通るのです。沖縄は、まだアメリカの統治下で、日本に返還されていませんでした。

この作品は、本土復帰前の沖縄が舞台です。基地の中で行われたパーティーに招かれた「私」が主人公です。パーティーの主催者はアメリカ人のミラーという男。招待者は中国人弁護士、新聞記者たち、国際親善の雰囲気を描き出していました。しかし、その夜、主人公「私」の娘が米兵に犯される事件が起き、「私」は犯人告訴のためミラーを訪ね相談をもちかけますが、ミラーは意外な態度を見せるのです。戦時中の日本における中国への加害にも触れながら、占領者の意識をえぐる作品で、これは今日も通じるテーマです。

こうしてみると、芥川賞・直木賞も、ジャーナリズムの一環として発表される小説では、こういう今日性、社会性の要素は必ず求められるものと私は思うのでした。

この日の午後、私は川崎市生田に住む作家庄野潤三さんのお宅に原稿をいただきに上るため、小田急線新宿駅で急行電車を待ち合わせていました。その列の先に偶然にも大学のころに見かけた女性が同じように並んでいました。社内の興奮を胸に高揚した気分でいた私は、思い切って声をかけました。専攻学科は違っていましたが、学部での共通する受講科目もあり、同じ教室にいた私に、見覚えはあったようです。私は今の身の上を語り、「昨夕あった芥川賞・直木賞に係る仕事をしています」と口にしました。その人がいい反応を示し、話を返してくれるものと期待していたのですが、関心を示しませんでした。世間一般の人は、芥川賞や直木賞など、どうでもいいことで、全く関心なく暮らしは営なまれていると感じました。大したことと思うのは、私たちだけ、世間ではごく一部のことにすぎないと思い知ったのです。この気持は以後も私の中に住み続けています。作家誕生に立ち合えて、嬉しい、と思うすぐ後で、それが何だ、という浮き立つ私の気持に水をかける私が現われるのです。

受賞者の方で私と同じ体験をされた方がありました。五木寛之さんが直木賞を受けてほどなく、当時住んでいた金沢のキャバレーに行ったところ、「あんた植木賞とか貰った人と違う」と言われたとおっしゃっていました。植木職人のご褒美と受けとめておられたのでしょう。

大城さんは、船で鹿児島に上り八月九日の受賞式に合わせて上京しました。沖縄タイムズの東京支局の女性記者が先導し、文藝春秋を訪ねて来られました。私が担当となり、受賞決定すぐに作品をお願いして手にした『ショーリーの脱出』を芥川賞第一作として「文學界」九月号に掲載していましたから、その掲載誌を大城さんに渡し、次の十月号に予定している大江健三郎さんとの対談について打ち合せをしました。

この日、大城さんは沖縄から檳榔樹《びんろうじゅ》の葉で作られた大ぶりの団扇《うちわ》を持参し、山本博章編集長と私に渡されました。受賞決定を受けて、関係する団体である日本文学振興会、また文藝春秋にお土産を持参して上られたのは後にも先にも大城さんのみです。

受賞式はホテルニューオータニで行われました。私は直接、賞の選考に加わっているわけではありません。まして入社して四ヵ月という身の上です。出席は叶いませんでした。


話は、さかのぼりますが、私が芥川賞や直木賞、特に芥川賞のことを知ったのは、石原慎太郎さんの『太陽の季節』からです。昭和三十一（一九五六）年、単行本が姉の本棚にあり、小学五年生の私は激しい性描写に目をくらませ読みました。続いて『狂った果実』にも読みふけりました。そして、確証があるわけでもないのに、いつかこの筆者と会うことになるだろうと思ったものです。『太陽の季節』は第一回「文學界」新人賞の受賞作品です。文藝誌の「新人賞」の先駆けをなすものですが、その選考方法も試行錯誤のあとがうかがえます。一年を四期に分け、それぞれの期の候補作を選出し、その上で年間を通しての受賞作品を決定発表するというもので、『太陽の季節』は、二期の応募作品の中から選ばれた候補作品で、四期では有吉佐和子さんの『地唄』が候補に上っていました。石原さんと同じく、この文學界新人賞をきっかけに始まった有吉さんの活躍はめざましく、次々と作品を発表、注目を集めます。

昭和四十二（一九六七）年夏、六月締切りの新人賞応募原稿を読んでいた時、白い夏のスーツ姿の慎太郎さんが編集部に来られ、挨拶しました。慎太郎さんは輝いて見えました。慎太郎さんとは、その後、小説を書いていただき、芥川賞選考委員会でたび重ねて会うことになります。

私が山口高校に通う二年生の初夏、NHKラジオドラマの番組で、三浦哲郎さんの『忍ぶ川』が放送されました。聴き入るうち、不思議な陶酔を覚えました。そして、私もいつかこのような物語を書いてみたいと思いました。放送では、「この作品は今年一月に行われた芥川賞選考委員会で受賞作品と決まったものです」とアナウンサーの案内がありました。この時、改めて芥川賞を意識することになりました。そして、この時も、私はこの筆者と会うことになると確信めいた思いを抱きました。それから六年後、当の三浦さんにも、「お忍《しの》さん」となっていた徳子夫人にもお目にかかりました。長女晶子《あきこ》さんは文藝春秋社員となり、一緒に働いた仲でした。

大学生になってから、私たち世代は『されどわれらが日々――』を読みました。クラブ活動の最初は、およそ読書会と決まっていて、どんなクラブでも、たとえ体育会系のテニス同好会でも一冊の本を読み、その感想を述べ合い、その人の考え方など知ったものでした。その時、この第五十一回昭和三十九（一九六四）年上半期の芥川賞受賞作品『されどわれらが日々――』の柴田翔作品をひもといたものでした。ただ、このベストセラーには、私とは違う学生環境を感じましたが、青春小説はいつの時代でも求められる、私も、そういう作品に係り合いたいと思いました。

世の中の様子は、またその国の状況は、若者の姿を見ればよくわかります。最も感受性の強い若者が最も早く反応しているからです。世の中を知るには、その若者たちを書いた作品が最も手っ取り早いと言っていいでしょう。秀れた小説家また作品は、秀れた現代史家のようなものと私は思います。

日本文学の流れを見て、芥川賞と直木賞の役割は大きいと思いました。出来ることなら、私もその流れに乗ってみたいと思いました。その賞を主催する日本文学振興会は、文藝春秋が勧進元といいます。その出版社へ入りたいと思いました。入社して、選考に係わり合いたいと願いました。

時間を昭和四十二（一九六七）年の頃に戻します。「芥川賞・直木賞　社内選考委員を委嘱する」と触れて、二十五名の社員の名前が墨書された紙が告知板に張り出され、九月から

第五十八回の下読みが始まりました。入社一年も満たない私には、この会への呼びはかかりません。

私が社内選考委員になったのは第六十回からです。入社二年目でしたから、早い参加ですがこれは能力があるからではなく、単なる員数合わせだったと思います。それはともあれ、あの昭和四十年代前半の、日本の文壇、出版界は華々しいものでした。まさに文藝を振興し、出版界を賑わす作家が続々と世に出たのです。

直木賞は流行作家たちが並びます。私が文藝春秋に入る前の夏、第五十五回昭和四十一（一九六六）年上半期の受賞者は立原正秋さん、入社する直前は先にも言った五木寛之さん、入社してすぐの受賞者が生島治郎さん、続いて野坂昭如さん、三好徹さん、陳舜臣さん、早乙女貢さん、佐藤愛子さん、結城昌治さん、渡辺淳一さん、こういう作家の活動を見ると、作家志望の方が、直木賞を受けてみたい、と思われて当然です。そのお世話にあたる私どもも、気持が高まったものです。

芥川賞も注目の作家の登場です。先に上げた丸山健二さん、次が柏原兵三さん、そして大庭みな子さん、丸谷才一さん、庄司薫さん。受賞を機に大きく活動の場を広げていった人々です。その中で柏原兵三さんは第五十八回昭和四十二（一九六七）年下半期芥川賞を受賞して四年後に亡くなりました。大きな作家でした。命永らえたらいいお仕事をされたことでしょう。きっと文学賞の選考委員をつとめられ、芥川賞の選考委員もなさっていたと思います。私事ですが、柏原さんと同年、同月、同日、同時刻に私の妹が亡っています。私は柏原さんのお宅に上がり原稿を受け取り、お話をうかがったご縁をいただいたこともあり、妹の弔いをすませると、お花を抱えて弔問に上りました。その日、幼い児が柏原夫人の膝の上に坐っていました。その子が成長して文藝春秋社員となり、いっしょに芥川賞・直木賞の下読みをすることとなりますから、縁の不思議を覚えます。

以上、私の歩みを通して、芥川賞・直木賞との出会いを語りました。これからは、社内選考委員をつとめて、実際に経験したこと、予選通過作品となり候補作品となった作品について、具体的な話を書きます。なお、これからの話には、私自身が芥川賞・直木賞の選考にたずさわる日本文学振興会の事務局長をつとめていた頃の経験もおり交ぜての記述となりますことから、時間的に行きつ戻りつしますことを、ことわっておきます。

十二月から五月までを上半期、六月から十一月までを下半期として、この間に発表されたものの中から芥川賞・直木賞は選んでいます。応募作品を対象にしているのではなく、既に発表されているものの中から選びます。出版社の出している文藝誌、また各地の同人誌などから芥川賞の該当作をさがします。直木賞はそれにさらに単行本が加わり、対象が幅広くなります。同人誌は入手する数も限られますので、私が事務局長の頃は私自身が一人で、読んでいました。また文藝誌「文學界」には「全国同人雑誌評」の欄があり、四名の評論家の方が合評会を毎月開いて、その感想が毎号の「文學界」に掲載されますが、それにも加わり、話題となった作品は目を通しました。その中から選び、下読みの社内選考委員たちに回覧する作品を決めました。

懸賞小説では応募原稿を賞にかけます。それは、内々で手入れをお願いすることも可能なのです。受賞作を出すために、私も行ったことがあります。しかし、芥川賞や直木賞の場合は既に世に出されている作品ですから、世間の人がその気になってさがせば入手できる作品が対象です。ということは、第一次選考を世間の人がなさっていると考えることができます。「あの作品を選んだか」と、私たちの選び方を試しておられる方もあるのです。

この社内選考委員の活動にあわせて、これまでの受賞者、評論家、出版社の文藝出版部や新聞社の文藝担当記者、またこれまで候補作品の出た同人誌のグループにアンケートを出し、ふさわしい作品を推薦していただき、上って来た作品に読み落しがあると取り寄せ読みました。もちろん、身をかくして、一般の読者をよそおって購入するのです。日本には相当数の文学賞がありますが、ここまで手を尽くして作品選びをしているのは、この芥川賞、直木賞だけかと思います。

以前は必ずといっていいほど同人誌から予選通過作品、そして候補作品が出ました。もちろん受賞作も出ています。田辺聖子さんの『感傷旅行』は、関西で出ていた「航路」に載った作品、柴田翔さんの『されどわれらが日々――』は、「象」という同人誌の掲載作品、高井有一さんの『北の河』は立原正秋さんを中心とした同人誌「犀」に掲げられたものです。この昭和四十（一九六五）年下半期第五十四回の時は高井さんと同じく直木賞の新橋遊吉さんの『八百長』は「讃岐文学」、千葉治平さんの『虜愁記《りょしゅうき》』は「秋田文学」の掲載作品です。同人誌から私が持ち出して受賞作となったのは津本陽さんの『深重の海』です。「VIKING」に何年間にわたり飛び飛びに連載された作品で、「いい作品のようだ」という評判を耳にして、日本文学振興会の棚をさがしました。しかし何号か欠けているのです。仕方なく編集部にたのみ、読みたいので、とのみ口にして欠けた号を送っていただきました。

まず私と、後輩の加藤保栄君が読み、社内選考委員の全員が読むにふさわしい作品と決めました。加藤君と二人で小説論まで語り合い時間を過ごしました。この加藤君はしばらくして退社し、中村彰彦の筆名で文筆生活に入りました。そして、『二つの山河』で平成六（一九九四）年上半期、第百十一回の直木賞を受賞しました。

第八十五回昭和五十六（一九八一）年上半期に、上田真澄さんの『真澄のツー』が候補に残っています。大阪の高校教師が書かれたもので、「文学学校創刊号」に載った作品でした。

大阪出張の折、上田さんに会いました。学園小説が期待できそうで、執筆をすすめたのですが、いくら待っても作品は届きませんでした。

同人誌がかつてほどの発表媒体としての意味を持たなくなったのは、各誌新人賞がそれにかわるものとしての役割を果たすことになったこと、また同人誌を運営する主宰者が少なくなったこと、それに経費の高騰などさまざまな要因があるでしょうが、それでも自分たちの思いのままに作品発表をしたい、との強い欲求を叶える発表媒体としての同人誌には魅力があります。そのような熱い思いを感じながら、一冊一冊を手にし、頁を繰ったものです。そしてその中から予選通過作品となり、候補作品が生まれました。以下、記す発行誌が同人誌といえるか疑問はあるでしょうが、いわゆる非商業雑誌というところで受けとめていただくとして、第百一回平成元（一九八九）年上半期、魚住陽子さん『静かな家』は「こみゅにてぃ」、第百四回平成二（一九九〇）年下半期、福元正實さん『七面鳥の森』は「火山地帯」、熊本の「詩と眞實」に載った福島次郎『バスタオル』が第百十五回平成八（一九九六）年上半期の芥川賞候補になりました。三島由紀夫さんとの情交を描く作品でした。第百二十一回平成十一（一九九九）年上半期、玄月さんが「樹林」に発表した『おっぱい』が候補作品となって、これが同人雑誌からの最後の候補作品です。これらはいずれも芥川賞関係の作品です。直木賞は先記の「ＶＩＫＩＮＧ」発表の津本陽さんの『深重の海』以後ありません。

私は編集者の仕事として、送られてくる同人誌の作品を読みました。感心すると手紙を書き、次からは私に送ってください、読ませてください、とお願いしました。そういうところで注目した同人誌と作家の例として、髙樹のぶ子さんを上げることができます。

髙樹さんが同人誌「らんぷ」に発表した『揺れる髪』は、都会で暮らしている若い女性の帰郷をめぐって、周囲の者たちとの葛藤を描いていて、その筋の運びの巧みさに非凡なものを感じ、それを「文學界」の同人誌転載作として誌上に掲げました。ちょうどその頃、読んでいた「文學界」新人賞応募作品の中で『酸き葡萄酒』という作品があり、偶然にもそれが同一筆者で、この作品も感心し、読んだところでした。

私は、髙樹さんに手紙を書き、これからも書き進められることを願っていること、継続して読みたいので、新人賞に応募される時、封筒の宛先に必ず私の名前を記しておくように頼みました。この人はのびるな、と直感しました。私は、そう信じた私自身のために、必ず作家へと導こう、と思ったのでした。

髙樹さんは書くたび「文學界」新人賞候補となります。選考委員会の話題の中心になりました。選考委員の方の口から「うますぎる」との言葉が出るようになりました。これは微妙な言い方で、新人賞で選ぶ作品は、うまく書いている作品より、何かに向って格闘している作品、それがたとえ粗削りであっても、それこそが新人の新人たるところ、出来上ったものよりも未完でも可能性を感じる作品を選ぶものなのです。このような委員の声を聞くようになって、新人賞にかけて受賞にこだわっていたら、髙樹さんの良さは失われる、委員たちに「殺されてしまう」と思いました。私は、これから新人賞に関係なく書いていただき、「文學界」の誌上に掲げようと考えました。「髙樹さん、これを書いたら死んでもいい」と思うような、最も大切なものを書いてみませんか、と口にしました。

そして書かれたのが、『その細き道』でした。幾度か手入れをお願いして仕上げていただきました。これは二人の青年に好意を寄せられた女子大生を描く青春小説で、二人の男性の友情を女性の目から把えていました。私はこの第一稿を読んだ時、この作品に賭けようと心にしました。これには青春のありのままが描かれていて、人生で誰もが経験するであろうことに触れていると感じました。私は、かつてワーズ・ワースの詩『Ode（頌《しょう》）』を幾度も詠んだことがありました。「草原が輝いていたあの頃、花が満開だったあの頃に、もどれない。でも嘆いたりしないで、後に残ったものの中にある強さを知ろう」（拙訳）という詩句に、かつての失恋経験を重ねていたのです。髙樹さんに、読後感にその思いを語ったところ髙樹さんは『その細き道』を書く時、エリア・カザン監督、ナタリー・ウッド主演の映画『草原の輝き』を意識していたと言うのです。

この映画も、ワーズ・ワースの詩句、特に「後に残ったものの中にある強さ」から重要なテーマを取り出しています。髙樹さんも私も、共通する発想が、この作品にはあったのです。『その細き道』は、作家としてのデビューを飾るにふさわしい作品でした。髙樹さんは「すっかり髪が白くなりました」と書き上げた時に言っていました。世に問うような作品を書く時、必ず身体に変化があらわれます。そういう作品は、体にこたえるのです。阪田寛夫さんは『土の器』で芥川賞を受賞しましたが、これを書き上げ、原稿を渡された時、「老眼になってしまいました」とおっしゃっています。中上健次さんは『岬』を書いた時、九十キロ近くあった体重が七十キロを切るくらいにまでなっていました。十数キロを減らすほど体力を消耗して仕上げたのです。原稿をいただいた時、顔が引き締まり、別人のようでした。

髙樹さんの『その細き道』は昭和五十五（一九八〇）年の十二月号「文學界」に載り、その次の年の一月に行われた第八十四回芥川賞の候補作品となります。この時は尾辻克彦さんの『父が消えた』が受賞作となりますが、髙樹さんは注目を集めます。以後、三作目の『光抱く友よ』で第九十回昭和五十八（一九八三）年下半期の芥川賞を受賞します。最初の『その細き道』から三年後の受賞です。

髙樹のぶ子さんが最初の芥川賞候補になった第八十四回に、木崎さと子さんも『裸足』で初めての候補になりました。三年、四作で受賞した髙樹さんですが、木崎さんは年月がかかりました。第八十四回の後、第八十五回、第八十六回、第八十七回、第八十八回と連続五回候補になりましたが、受賞できませんでした。第八十八回、昭和五十七（一九八二）年下半期の候補作『白い原』は力のこもった作品でしたが、受賞には至りませんでした。木崎さんの心の中を抉《えぐ》り出したもので、ここまで自分を晒《さら》しても認められないと思うと、落胆と失望が襲っても当然だったと思います。「もうやめます」と口にするようになりました。私は、その回の加藤幸子さん唐十郎さんの受賞式が終ってほどなく、木崎さんに会いました。木崎さんは、その頃、松戸市に住み、常磐線に乗る前の上野駅近く、東京文化会館のロビーで待ち合わせました。私は、風邪をひき喉を痛めて、まったく声が出ない状態でした。

木崎さんに無理を言って、いただいた面会の日です。声が出ないので他日にとの電話もできなかったのです。私は紙を何枚も用意して、そこに伝えたいことを書き付けます。それを見て、木崎さんが答えます。それに対して、私がまた書きます。何枚の紙が費やされたことか。私は執拗にせまりました。木崎さんは、繰返し拒みます。ここまで開いた稀有な才能を、閉じさせてはならない一心でした。私は「書きましょう」「書いてください」を何回も記しました。木崎さんは、私の願いがどれほどのものか試していたのかもしれません。でも「では、やってみます」の言葉は言わず、上野駅へと向って行きました。私はそれからも励まし続け、二年間の空白の後に、第九十二回昭和五十九（一九八四）年下半期の芥川賞受賞となりました。受賞作『青桐』は、芥川賞受賞作品として、幾篇かを選ぶ時、必ず残される作品です。

阪田寛夫さん、中上健次さん、そして髙樹のぶ子さん、木崎さと子さん、私が二十代から三十代にかけて、担当した芥川賞受賞作品、作家のことを書きましたが、その間、直木賞受賞作品も手がけています。そのうちの一つが、第七十六回昭和五十一（一九七六）年下半期三好京三さんの『子育てごっこ』です。

この作品は、「文學界」の新人賞の応募作品から取出して読み上げた作品です。私と松藤みち君の二人が担当する封筒の山の中にありました。実は、下の娘の出産で破水が始まった妻を産院に連れて行き、子の誕生を待つ間、廊下で読んだ応募原稿の中のひとつでした。新人賞を受け、これをもとに二つの作品を書いていただき、それらをまとめて一冊の本として出版し、直木賞にかけたのです。この作品の受賞を機に「育児」という言葉が「子育て」という言葉にかえられていきます。

話を同人誌に戻し、いま少し同人誌掲載作品のことを書きます。郷静子さんの『れくいえむ』は、第六十八回昭和四十七（一九七二）年下半期の芥川賞受賞作で、「文學界」の掲載作品でした。しかし、これには「横浜文学」に書かれたもとの作品があるのです。豊田健次先輩が、これを読み、感心して選考にかけられるようにしよう、それには手入れが必要と郷さんに改作を頼んだのでした。作品はより良いものになって、「文學界」に掲載されました。せっかくの作品が同人誌の作品として終るのは惜しいと思った編集者の働きがあったのです。村田喜代子さんは、同人誌というより個人誌というものでしょうか、書いた作品を自身で印刷機を操作し、「発表」という小冊子を発行していました。それが毎号「文學界」編集部に送られて来ました。私たちは、福岡県中間市に住む、この女性の作品に注目しました。その中の一作を「文學界」に転載しました。そこから今日の村田喜代子さんの作家としての活動が始まります。昭和六十二（一九八七）年上半期、第九十七回芥川賞受賞作『鍋の中』、それに続く一連の作品は私が出版担当した作品です。

同人誌から候補作品となり、また同人誌発表の作品をきっかけに受賞作家となった方々の話を書きました。話はまた下読みの社内選考委員会に戻ります。予選通過作品を選ぶ過程での出来事です。

第八十三回、昭和五十五（一九八〇）年上半期の直木賞の作品読みで、向田邦子さんの「小説新潮」に書いている、短篇小説が発表のたびに下読み作品として上がってきました。いずれも二十三、四枚の短篇小説です。これをどう扱ったものか、まとめて一冊の本になるまで見送ろう、という意見が上がった時、私は「これまでの三作品をまとめて対象とするのは、いかがでしょう」と提案しました。『花の名前』『かわうそ』『犬小屋』の三作です。ちょっと静まりました。「それもありだね、一清《いっせい》案に賛成」と声が上がりました。下読み委員、最古参の印南寛先輩でした。そして、その回の予選通過作となり、そして、受賞作となりました。

私が事務局長をつとめていた頃のことです。予選通過作品を決める社内選考委員会を、芥川賞直木賞で各二十名ほどを分割し、班を編成してグループ読みという方法を取り入れ、きめこまかな選考をするようにしました。各グループで読み、いい作品を取り出し、他のグループと交換し、読み上げていく方法です。

第百十七回平成九（一九九七）年上半期の直木賞で、浅田次郎さんの『鉄道員《ぽっぽや》』が対象となった時のことです。グループ読みの段階で、その班では「見送り」にしたといいます。私はこれを事務局長預りにさせて欲しい、と私の推薦で他の班の者たちにも読ませました。そして予選通過作品となったのです。浅田さんはその二回前に直木賞候補となっています。その時は『蒼穹の昴』上下二巻の長篇小説です。『鉄道員《ぽっぽや》』は小気味いい短篇です。いろいろな仕事のできる作家ということで選考委員の浅田さんへの見方が変わると思ったからです。この思いは通じました。そして、受賞作となりました。作品は一気に百五十万部のベストセラーとなりました。

社内選考委員会では、最後は一人一票で、多数決で決めています。多く票を獲得したものから順に取り上げていくのですが、六本目、七本目という最後のところにかかると微妙な感想が出て、多数決を繰返すこともしばしばです。最後に「これでいいですね」と念をおして、会議は終ります。

この頃には、受賞作があるとしたら、これかこれだなと、ほぼあたりが付きます。推される委員の顔も浮んできます。本当に稀なことですが、最後になって「どうしても気になるので……」と選にもれた一篇を残せないものかと声がかかることがあります。これをめぐっては司会の度量です。私が係るところでは、第八十一回の青野聡さんの『愚者の夜』は、その回から加わった一番年の若い社内選考委員の庄野音比古君のさらに一言の説明を聞いて、みんながそれを受けとめて残った作品でした。年配の者は若者の感覚を、若者は年配の人の経験を謙虚に聞くことができたら、いい会になると思ったものです。

こうして、選考会の一カ月半ほど前に予選通過作がそろいます。さっそくに筆者に連絡し、作品を賞にかけることの諾否をうかがいます。応じてくださる方には作品歴や経歴を尋ねます。中には候補になりたくない、という人もあります。三十八年の間に二人経験しました。一人は富岡多恵子さんです。それまで三回候補になっていました。富岡さんのそれまで培ってきた伎倆《ぎりょう》をもって仕上げられた『壺中庵異聞』、「文學界」昭和四十九（一九七四）年九月号に掲載された作品です。題名からも察せられるように、これは新人賞にかけるような趣ではありません。富岡さん自身、ひとつの充実を感得した作品ではなかったでしょうか。通知を差上げる前に、「文學界」の担当者が電話で意向をうかがったところ、「もう、ええ」との返事で辞退されたのでした。私には、これで決まりかと思う作品で今も惜しまれてなりません。

いま一人は飯嶋和一さんです。予選通過の案内をしたところ、「賞の件につき頂戴する意志がありません。私の作品は、選考対象より除外していただきたく存じます」との書状をいただきました。

私は先輩から聞き、事務局長となって資料を点検して知ったことですが、昭和四十(一九六五)年一月の選考にあたる第五十二回、昭和三十九(一九六四)年下半期の芥川賞で、高校生の藤沢成光《しげみつ》さんが高校の文藝部誌に発表した作品が、「文學界」の同人雑誌推薦作として誌上に掲げられ、芥川賞の社内選考委員の下読みにかけられ、予選通過の対象作品となりました。この時、父親が「人生の未熟者がこのような扱いを受けては将来ロクなことがない」と断りに見えたそうです。この一件は、日本文学振興会の資料綴じにおさめられた書類に記してありました。小ぶりの便箋に経緯が淡々と書かれていました。当時の父親は、見識を持ち、子を育てていました。父親には、先も見えていたのかもしれません。藤沢さんの次の作品を私たちは見ることはありませんでした。同じ文藝部誌の同人の中ではただ一人、氏原工作さんが、大学生になってから、「新潮」に作品を発表しました。続く作品を「文學界」にと、私は大学に訪ね、励ましたものでしたが、作品を手にすることはありませんでした。

芥川賞の候補者最年少は藤沢さんがなればこの人ですが、現在では十九歳の受賞者でもある『蹴りたい背中』の綿矢りささんです。ちなみに直木賞は受賞者でもある第十一回昭和十五（一九四〇）年上半期の堤千代さん二十二歳です。学歴、国籍一切問いません。年齢のことを言いましたが、これも選考の条件として問うことなどありません。

選考会で、特に芥川賞で問われるのは、二つの点です。その一は資格、つまり、もはや新人ではないのではないかということ。二が、長さの問題。かつて井上光晴さんの『地の群れ』が評判となった時、これを候補にしないのは何故か、と井上さんの支持者が申し出られました。その中には選考委員もおられたと聞いています。事務局は作品がきわめて長いことで見送っていたのですが強い要望もあって、結局、第五十回昭和三十八（一九六三）年下半期の芥川賞予選通過作品として、作品を委員のもとに届けました。事務局でその長さについて懸念しながら、選考委員会の当日を迎えました。会では、まず予選通過作品を候補にして討議するか、否かはかられますが、この時、改めて資格と長さが検討され、その結果、井上さんの作品ははずされました。この討議は、かなり紛糾したにもかかわらず、その記憶もまだ新しい次の回で柴田翔さんの『されどわれらが日々――』が予選通過作品として上がって来ました。これは四百字詰め原稿用紙で二百八十枚の作品です。長すぎないかとの問い合わせが委員から届きました。いろいろなやり取りがありました。これに関しても、日本文学振興会には経緯を書いた書面が、資料綴りに残されています。以下、これを紹介します。芥川賞の選考に関して、繰返し問題となるところで、その核心に触れているからです。

昭和三十九（一九六四）年六月十四日、選考委員に予選通過作品が運ばれました。翌十五日付の石川達三さんから小林米紀「文藝春秋」編集長宛の手紙が送られ、十六日これを落手します。内容は「前回（五十回）で『地の群れ』を通過作品として残したが枚数が長いということで、候補にしないことにして、選考に入りました。選評にも、そのことが触れられている」と認《したた》められていました。石川さんの選評は以下の通りです。

「井上光晴氏『地の群れ』は、芥川賞がせいぜい百五十枚までの短篇と一応きめられてあるので、銓衡《せんこう》から除外された。この規約は今後も守られる筈である」

この他に選評では、中村光夫、石川淳、瀧井孝作、高見順、舟橋聖一氏が『地の群れ』に触れています。ちなみに瀧井、舟橋両氏は否定的、石川淳、高見両氏は好評です。

「そういう経緯があるので、今回『されどわれらが日々――』が残ると井上光晴は怒るし、我々に読ませた後で、今回も長さを理由に候補から外すなどということになるのは、ひどい話である。『今回から変更した』なり、『読まなくていい』なり、方針を早く出して欲しい。ということは社会的にも責任がある芥川賞だから、ルールをきちんとしておいて貰いたい」といかにも石川達三さんらしい、筋の通った質問状でした。

日本文学振興会はあわてました。その様子も記録に残っています。

「六月十四日付書面、七月一日速達便で発送の芥川賞選考委員への書状の主旨」とあって、「先日届けた『されどわれらが日々――』は約二百八十枚あり、前回の選考委員会の申し合わせ（候補作は百五十枚以内にする）に反対なので、省かせていただく。読んで了《し》まわれた方もあるでしょうが、前回の申し合わせを尊重したい」

すると石川淳さんから抗議がありました。「申し合わせがあったとは認めない。それなら委員会に出席しない」と怒られたと記述しています。

七月六日十七時より日本文学振興会の「芥川賞百五十枚問題」会議なるものが開かれ、そこで語られたことが記録されています。

「これまでも堀田善衛、北杜夫の作品が越えている。佳作ならいいのではないか。技巧題材の良否が問題。とにかく長篇は迫力があり認められやすいが、百五十枚前後で佳作が書けないと困る。良い作品は例外を認めるべきだが、前回、そして今回は何ともまずい。」と記録されています。会議は十八時二十分に終了。その結論は、柴田翔をはずすことで、一応決定。

それを委員に伝えると、石川淳氏は承諾しません。

七月十一日速達で各委員に書状を送ります。その書面は、「先日は、柴田作品を外すように伝えたが、石川淳委員が委員推薦のかたちで、予選通過作品として残して欲しいと要望があり、当方の不手際で何かと迷惑をかけますが、二十一日の選考会には読んで来て欲しい。枚数制限のことは、委員会で更に検討していただきたい」と伝えて、ともかく一週間後に迫った選考委員会のために慣例通りに進めます。記録には、「七月十四日、新聞・放送関係者に通過作品を発表」とあります。そして、「七月二十一日。選考会当日、池島信平氏が不手際をお詫びし、候補作と認めるか否かを討議して、選考に入る。両石川氏は賛成。永井龍男。中村、舟橋は七十パーセント賛成」

記録は経過をたどり、詳述されてます。第五十二回芥川賞・直木賞社内委員会の第一回目の会議が、八月三十一日に開かれ、冒頭、当時、日本文学振興会の事務局をつとめていた尾関栄先輩から『されどわれらが日々――』をめぐっての経緯が説明されました。そして芥川賞の長さについて、次のように説明されたと記録があります。

「原則として百五十枚までの作品で、単行本になっていないもの。ただし、例外は認める。必ずしも原則に拘泥しない。三、四十枚でも良い力作があれば対象とする。その作家の過去を問わない。その一作でもよい。(つまり、作家よりも作品を対象にするということ)常識的に短篇から中篇に注目する。極論すれば何枚でもいい。井上光晴氏を外すと言ったのは失敗だった。作家は新人でない、候補を辞退出来ないかと申出があったこと等を表面に出すべきだった」

これでわかるのは、井上光晴さん自身から、『地の群れ』が予選通過作品に残ることに関し、一旦辞退を受けながら日本文学振興会が思いとどまらせていたということです。その揚句、先述のような扱いをしたのです。これは、やはり失態と言われても仕方がないでしょう。

また、百五十枚を、あれほど上限と申し合わせながら、いつの間にか二百枚を上限というようになったことも考えさせられます。尾関先輩の説明は、とうてい規則や決めごととはいえないでしょう。曖昧にして大人の良識にまかせ、運営され続けていくのです。

予選通過作品を検討する、社内選考委員会に長年参加して、ジャーナリズムが、話題にして世間が関心を寄せている作品、話題作、問題作をめぐって、社内の委員から「そういう問題点もふくめ、選考委員の判断をうかがうというのはいかがでしょう」と、選考委員に問題解決をあずけることがあるのは、いま記したような委員会の融通無碍な体質によるものかと思います。確たる姿勢のないことにもよりますが、この賞が作家として作品発表の機会に恵まれるようにつとめることから、社内選考委員が判断を下すより、選考委員の考えに委《ゆだ》ね、その可能性を残しておこうとの気持も幾分かはあってのことと、思うのもいいかもしれません。

なお、井上光晴さんに関しては、昭和二十八（一九五三）年一月号「文學界」に掲載された山本健吉さんの『第三の新人』論の中に、近ごろ活動が目立つ新人作家としてその名前が記されています。今日、ジャーナリズム、昭和文学史では、吉行淳之介、遠藤周作、小島信夫、安岡章太郎、庄野潤三、三浦朱門のみなさんを総称していますが、山本健吉さんが論の中で触れているのは、吉行淳之介さんのみです。井上さんは、作家経歴の上では、選考委員に列せられてもいい、既成作家だったのです。私は昭和四十二（一九六七）年春、文藝春秋に入社し、以来、井上さんの許に通いました。初対面の日、「芥川賞でひどい目に遭わされた」と言われたことを記憶します。その井上さんのお宅で、幼い娘さんの挨拶を受けました。この娘さんが、後に第百三十九回平成二十（二〇〇八）年上半期の直木賞を『切羽へ』で受ける井上荒野さんです。

これまで長さにおいてただ一度「例外を認める」作品があります。第百二十回平成十（一九九八）年下半期の芥川賞、平野啓一郎さんの『日蝕』です。四百字詰め原稿用紙で二百五十枚の作品です。私は日本文学振興会の責任者として、三十四年目にして「例外を認める」作品として、社内選考委員会での選考対象にするか悩みました。それにふさわしい作品であるか、私は『日蝕』を三度読むことにしました。一度目は長所をさがして読み、二度目は短所をさがすようにして読み、そして、幾日かおいて、三度目の読みをして、世間から、選考委員から「例外として認めるにふさわしい作品か」と問われたら、これだけの回答はできると思えて、メモを取っておきました。そして、『日蝕』を社内選考委員たちの下読みにかけたのでした。「例外を認める」とは、暗に事務局としては授賞作にするにふさわしい作品としたことです。私は、この京都大学の学生をこの目で確かめておきたく、予選通過作品となってから、平野さんに会うため、京都に行きました。第一印象で気負いのない、素直な学生と感じ、いい方にめぐり合えたと思いました。しかし、二十世紀末の時代の雰囲気を漂わせる、いかにも京都らしい趣味の、凝った文章は、せっかく先人たちが、散文の日本語表記を改良し続けたものを、受け容れないで旧に戻すようで、私の好みではないけれど、受賞して作品発表をするうちに、いつか新聞連載の機会を得る日が来たら、必ずこの文の力を生かして、これとはまた違った表現方法で、いい仕事をされるであろう、もしかしたら次の二十一世紀を担ってくださる人になられる。でも、その場合、京都にいては難しいだろうな、など思い描きました。京都駅のビルにある喫茶コーナーで、一時間ほど面談し、別れるとすぐに東京への新幹線に乗り込みました。わずか半日の京都往復ですが、時間では測れない内容を感じたのでした。

あの作品はこうして候補作品となり受賞作品となっていった、などなど私の係りのあるところから述べました。これもそもその作品があればこそ、それを書いた作家が誕生していればこその話です。

私は、受賞作となった作品を幾点か担当することができました。これは文藝春秋の人事担当役員の誤解があって、私が不真面目な社員の名前で間違って覚えられ、その上、不器用でろくに仕事ができない厄介な社員としてブラックリストに上げられたことによります。そういう刻印が押されると、人事に関しては、員数合わせに適当に使われ、最後には据《すえ》置きということになり、「文學界・別冊文藝春秋」編集部にとどめおかれることになったのです。その役員が社長になり、会長になって、社を去るまで、それは続きました。しかし、それはそれで、私の「文學界・別冊文藝春秋」の経験は積まれ、歳月を過ごすと、受賞作のお世話も、たび重なることになったわけで、今にして思えば、あの誤解が私にはありがたい結果をもたらしたといえるのです。

掲載する作品を集めなければなりません。新入社員の頃に「文學界・別冊文藝春秋」の編集で働き、その後、五年間を他の編集部で過ごし、元に戻った時、先生方に挨拶して回りました。その中の一人、遠藤周作さんのもとを訪ねた時でした。新潮社での書き下ろし作品が次々と刊行されていました。遠藤さんはもっぱら「純文学」書き下ろしですが、他の題材での長篇小説を、私たちの「文學界」でと、お願いしました。すると言下に「俺は忙しくて、いい新潮社の仕事でいっぱいだ、断る」と厳しい口調でおっしゃったのです。私は、この時、いただける作品は掲載するけど、私は既成作家に作品依頼する編集は考えないことにしよう、新人の、これからの方に作品を書いていただこうと思いました。それ以来、私は一層力を注いで、新人賞の応募原稿を読み、送られてくる同人誌を読み込むようになりました。そして新しい作家と、出会いを重ねていきました。また、以前、出会った新人たちと、新たな気持で付き合いを始めました。五年の間に、その人たちが、確かな力をつけておられたのは、幸いでした。あの日の遠藤さんのひと言は、私に他誌と同じ編集を考えては駄目と教える言葉だったと、今ならわかります。あの言葉のお陰で、受賞作の担当を次々と経験することができたのです。

私は作家の方との通信の手段として、もっぱら手紙やはがきを書きました。昭和四十二(一九六七)年秋、「文學界」の企画で、次の年の一月号から、詩人たちに巻頭のページに詩を執筆いただくことになりました。その相談のため、会員制の「文藝首都」に感情激しい詩を書く、予備校生の中上健次さんにはがきを書き、会って相談したい旨、伝えました。中上さんは、はがきをにぎりしめて現れました。文藝春秋はもとより、出版社を訪ねるのも、編集者に会うのも初めてでした。これがそもそもの始まりで、戦後生まれ最初の芥川賞受賞者となります。

戦後生まれの女性初の芥川賞受賞作家は、髙樹のぶ子さんです。作品をめぐるやりとりはことごとく手紙でした。これだと、読み返し理解が深まるのです。髙樹さんが芥川賞を受けたとき、私のもとにある髙樹さんの手紙を改めたところ、最初の手紙から、芥川賞受賞の日までの、髙樹さんの手紙は九十六通ありました。同数の手紙を私は髙樹さんに書いていたことになります。

平成十三（二〇〇一）年夏から平成十七（二〇〇五）年春まで、私は「文藝春秋臨時増刊」の編集長をつとめました。毎号百人余の方々に執筆いただき、そのうち三分の二近くを私自身が担当しました。活字印刷した依頼状のほかに、私はその筆者に書いてほしいと思うことを便箋に書いて添えました。

「万年筆で書かれた手紙を読んだら断れないね」

一所懸命に書く手紙は心に伝わります。文の力を思ったものです。

「文學界」編集部の浅井茉莉子《まりこ》君は、私の退社後に文藝春秋に入社しました。共通の知人から、編集者の仕事を聞いていたようです。

浅井君は又吉直樹さんと出会い、短篇小説を書いていただいた後、一冊の本になる長めの小説の執筆をお願いしました。その言葉の力に動かされ、又吉さんは『火花』を書きました。ひたむきな気持が伝わる手紙を認《したた》めたことでしょう。そうでなければ、芥川賞史上最高部数となる作品は生まれなかったと思うのです。

二、選考委員会前後

日本文学振興会の関係する賞は芥川賞、直木賞、大宅壮一ノンフィクション賞、松本清張賞、そして菊池寛賞です。贈賞行為が目的ですから、事務局長の私の任務は、明けても暮れても賞の対象作品、作家や団体を選び出すための資料読み、原稿読み、作品読みです。原稿読みがあるのは、松本清張賞が応募原稿による選考のためです。この賞が縁で、森福都、横山秀夫、葉室麟の受賞者のみなさんと知り合い、乙川優三郎さんと出会うことができました。生原稿を読むのは、決して楽なことではありませんが、直に筆者と接している感じがして、親しみがわくのです。

小さい時、元気な子どもで、外で遊ぶ毎日を過ごしました。読書などしないで成長しました。三歳くらいまでに読書の習慣を身につけないと、すらすらと本を読める習性は身につきません。虚弱体質のため外で遊ぶことを禁じられ、炬燵で年寄と本を読むような幼児期を過ごした子は、読みの能力が体に備わり、読みの速さが違い、量もこなせます。私は努力して本を読む修練をました。これでは、読みが遅く量をこなせません。そうであれば読みの深さ、密度を高めて向うしかありません。時間をかけじっくり読むことで、みんなにやっと並ぶことができました。

下読みをする社内選考委員会に加わったものの苦労し、いつも徹夜して読みました。私は、ラジオ、電機器具販売店の子です。家に本棚はありましたが、本に親しむ時間など持たない毎日です。書物を通しての知識はないけれど、それにかわるものとして、ラジオ放送からの知識、ニュース放送の内容を確かめるため読んだ新聞からの情報には恵まれていたと思います。経験を積み、それを記憶して、知恵と勘を働かせていたと思います。

平成八（一九九六）年春の社内人事異動で、文藝振興局で日本文学振興会の運営と進行をするように言われたその時の社長の言葉は、「芥川賞を立て直すように」ということでした。芥川賞の受賞作品の発表される三月号、九月号の「文藝春秋」が発売されると、何本も抗議の電話が入って来て困っている、といいます。そのほとんどが、「また面白くない作品に授賞させた。こんな作品読めない。もう芥川賞を読まない」という購読者のお叱りの電話と言います。

たしかに、その四、五年の間の芥川賞作品は、そう言われても仕方ない作品が続いていました。何が書きたいか、また筋すらつかめないような作品は、私も手におえないものばかりでした。

言い訳になるかもしれませんが、その四、五年間は、私は「別冊文藝春秋」編集長をつとめ、直木賞の有力作家をさがすことで忙しく、下読みの社内選考委員会でも芥川賞班に入れてもらえなかったのです。

「直木賞は有力な書き手が出ているのに、芥川賞はどういうことだ」と社長はたたみかけます。

私は社内選考委員をふくめ、候補作を読まれる選考委員に大きく係りがあると思っていました。

「選考委員の先生の何人かの入れかえが必要です」

一応の任期は決めてあるものの、自身で退くとおっしゃらない限り継続するのが、日本文学振興会の人事の慣例ですから、私の言ったことは不可能な方法なのです。

当時の芥川賞選考委員の顔ぶれは、大江健三郎、大庭みな子、黒井千次、河野多恵子、田久保英夫、日野啓三、古井由吉、丸谷才一、三浦哲郎、吉行淳之介のみなさんで、かつての文士たちによる選考委員会の雰囲気とは違います。選考会に陪席していて感じるのは、作品への印象批評というより、小説への論評、すなわち理屈が多いのです。日頃書いておられる小説も、面白い筋のある小説というより、流行の文藝理論や手法を取り入れた実験的な小説や、こまやかに心理を描く小説が多いといってもいいかと思います。

私が責任者となる前の回、すなわち第百十四回平成七（一九九五）年下半期の選考から、宮本輝さんと石原慎太郎さんに加わっていただきました。私は密かにこの二人に頼むことにしたのです。二人は少なくとも、作品の善し悪しを言う時、それを理屈っぽく語るような方ではない、他の方々とは違った選考をされると思うからです。

宮本さんは初めて書いた小説を「文學界」新人賞に応募し、それを私が読み上げていました。それを「予選通過作品」として、作品名と氏名を中間発表欄に掲げ、それを見た日から、覚悟を決め、小説家への道を歩み始めた方です。私が出会った屈指のストーリーテラーです。

宮本さんとは小説をめぐって話し合いました。小説の評価について、流行の文藝理論など知った上で、なお「面白いか、面白くないか」「いいか、わるいか」ということで、考えは一致するのです。

石原さんも、実感的な小説論者です。理屈っぽい言辞を長々と述べ、それで理解しようとする選考委員を、「それでどこが面白い」と斬り返すような発言をされるのです。幾人かの選考委員たちには、不満だったかもしれませんが、私は世間一般の読者の読みは、宮本さん、石原さんに近いと思うのでした。

私は、次第に方向を変えていくことをひそかに心に決めたのです。選考委員の入れ替えができないとなると、残る方法は、選考対象の作品を変えていくしかありません。これは直ぐにはできませんから、二年くらいかかります。

「二年は待てない、なるべく早くやってくれ」

「では、頭でっかちの部員ばかりにならぬよう、文學界編集部や出版局の文藝担当の人事を考えてください」と言いました。

それから二カ月後の六月中頃「これが今回の芥川賞・直木賞の社内選考委員会が選んだ作品群です」と作品リストを持って日本文学振興会理事長、すなわち社長に会いました。

芥川賞は川上弘美さんの『蛇を踏む』が注目です。話題を集めるのは福島次郎さんの『バスタオル』、これは若い男性教師と高校生の同性愛を描いています。「詩と眞實」という熊本から出ている同人誌の作品です。他にリービ英雄さんの『天安門』、アメリカを母国として、習い覚えた日本語で書いた小説です。これまでの芥川賞作品とは違ったものがそろったかと思います。直木賞は浅田次郎さん『蒼穹の昴』、宮部みゆきさん『人質カノン』、乃南アサさん『凍える牙』というところから選ばれるかと思いますと、説明しました。このように、受賞作が出るかのように私自身の判断もまじえての報告ですが、担当者として最初の選考作品ですから、多分に気負いがあったかと思います。ちなみに芥川賞は、川上弘美さん、直木賞は乃南アサさんでした。福島次郎さんの『バスタオル』は石原さん、宮本さん二人が推されました。

「進めていいだろう」との日本文学振興会理事長の言葉を聞いて、ひとつ私が言い添えたことがありました。

「残念なのは、直木賞五篇中、文藝春秋の作品が二篇、芥川賞は六篇中三篇あることです」

これは私が最も気にかけていたことです。つとめて他社の関係作品、それが難しいなら同人誌からの作品を入れることで、この賞が文藝春秋のためのものではないことを示したかったのです。

また、受賞作も、二回に一回は多い、三回に一回くらい回ってきたらいい、というくらいに思って取り組んでやっと世間は、業界全体の賞という思いをしてくださると私は受けとめていました。長い芥川賞、直木賞の歴史をたどり、全体の流れから見ると、おおよそそれくらいの比率での受賞作のめぐり合わせかと思います。他社の関係の賞では、必ず自社作品を一つを入れ、他社のものを添えるというものが多いのです。これだと、その賞が社内担当者への功労賞、褒美になってしまうのです。私は、これは避けたいと思っていました。これが芥川賞・直木賞が九十年近く続いている理由かと思います。

いまひとつ、不思議なくらいバランス感覚が働いていると思うことがあります。続けて同一傾向の作品を選んでいないことです。その傾向の、さらに先の作品を選ぶと、尖鋭化して、読者も限られてくるのです。大きな河を私はいつも頭に描いていました。大河は両側の堤防の間を蛇行して流れます。これが理想の流れと私は思うのです。芥川賞は顕著にその姿を示しているように思います。

理事長の承認を得て、予選通過作品を書かれた方に通知を出します。この時の通知が、書いた方には最も嬉しいといいます。この段階では、どなたにも受賞の可能性があるからです。選考会にかけることを了承いただける方には、顔写真と略歴、発表作品のリストを書いて送っていただくお願いをします。この段階で、断わられた例のあったことは前の章に記しました。

返信があったところで、作品をそろえます。直木賞は単行本が多く、書店数店を何軒もめぐって数冊ずつ買い集めます。まとめ買いをすると気づかれてしまうからです。この段階では、すべて秘密の作業です。芥川賞の場合、雑誌掲載作品がすべてです。それぞれ活字の大小の違いがあります。大きい活字の方にあわせて拡大コピーをし同一規格に近づけた冊子にして、資料を作るのです。それらを選考委員会のほぼ一カ月前に委員のもとに届けます。

選考委員は、日本文学振興会の理事長が大所高所に立って人選しています。選考会ですから協調性のある方でないと困ります。また選ばれて、その喜びを知る人、すなわち受賞者であれば、選ぶことの意味も一層深いものがあろうと思います。

これについて、私に忘れられない思い出があります。第百二十回、平成十（一九九八）年下半期の芥川賞は平野啓一郎さんの『日蝕』、直木賞は宮部みゆきさん『理由』でした。両者に授賞決定の通知を差上げたのは私です。記者会見にあらわれた宮部さんに、この喜びを忘れないでください。そして、必ず選ぶ側の人になって、この喜びを誰かに差し上げてください。そのような人になってください、と申しました。宮部さんとは以前からの知り合いであったことで、親しく思っていたから口にしたのでした。

宮部さんは十年後の第百四十回、平成二十（二〇〇八）年下半期から直木賞選考委員になりました。天童荒太『悼む人』、山本兼一『利休にたずねよ』が受賞作でした。この頃、既に文藝春秋を辞し、松江での仕事に就いていましたが、上京して贈呈式に参加しました。会場で宮部さんに挨拶した時、「一清《いっせい》さん、私も言われたように選ぶ人になることができました」と、小さな声で言って、私にだけわかる微笑を見せたのでした。この素直さ、これが宮部さんの魅力です。宮部さんは、いい選考をして、いい選評を書いています。こういう喜びの連鎖のあるのが、芥川賞、直木賞の選考委員会なのです。

いわゆるプロの書き手となる人を選ぶ選考会です。有能な書き手かその素質はあるかを問います。やはり実作者の先輩に、その勘どころがあるのではと思います。かつて河上徹太郎、中村光夫の二人の評論家が加わっておられましたが、今日は一人もありません。

また、賞の受賞者でない方も選考委員になっておられます。以前、芥川賞では黒井千次さん、現在の芥川賞で島田雅彦さん、直木賞で北方謙三さんです。実はお二人は幾度か、芥川賞、直木賞の候補になっておられ、受賞に至らず終っているのです。選考会に加わって、何かを感じられたことと思います。

　委員の方の反応の一例を上げます。五木寛之さんが選考委員になられたのは、第七十九回昭和五十三年上半期のことです。城山三郎さんとお二人が委員になられました。会が終り、次の仕事に向う五木さんを玄関口へと私は案内しました。直木賞の選考会場は二階で、一階への階段を下りかけた時、足をとめた五木さんは私の顔を見て、「いつも、あのような厳しい審査なのですか」、と問われました。色川武大さんの『離婚』、津本陽さんの『深重の海』を選んだ直後の素直な感想です。

「今回は、さほどではなかったと思います」と私は答えました。

「そう。それを聞くと嬉しいな」とおっしゃいました。自分はそういう審査をされ選ばれたのだ、という感想だったと思います。選考側となって、選ばれた日の喜びをまた改めて感じておられる。私は、この賞のたしかさをしみじみと感じたのでした。

　選考準備のところに戻します。選考会に向けての準備のうち、私が重要に思っていたのは、候補になる方の当日の連絡場所の確認です。十日前、五日前、前日と、多い時は三度、少なくとも二度は確かめました。目的は授賞決定があって、連絡し、賞を受けていただけるか直ちに確認するためです。

以前は、勝手に賞の沙汰を決め、発表していたものでした。それによって、発表した後で、受賞を辞退したい、と申し出た方が、二人おられるのです。一人は第十一回昭和十五（一九四〇）年上半期『歌と門の盾』で芥川賞と決まった高木卓さんです。幸田露伴の甥にあたる方で、「二日考えた末」辞退しました。これに対して賞の主催者側の菊池寛は「こんなものは素直に受けてくれないと、審査するものは迷惑だ」と怒りました。次の第十二回昭和十五（一九四〇）年下半期で櫻田常久さんが『平賀源内』で芥川賞を受賞した時、意外なことがわかりました。高木さんと櫻田さんは同人誌「作家精神」の仲間でした。高木さんが辞退したら、先輩の櫻田さんの書いた『薤露《かいろ》の章』が繰上って受賞になるのではと勝手に思い込んだ結果だったのです。もちろんそんなことはありえません。

いまひとつは第十七回昭和十八（一九四三）年上半期の直木賞に山本周五郎さんの『日本婦道記』が選ばれた時です。山本周五郎さんは辞退の弁を「文藝春秋」昭和十八年九月号に「辞退のこと」と題して書いています。

〈こんど直木賞に擬せられたさうで甚だ光栄でありますが、自分としてはどうも頂戴する気持になれませんので、勝手ながら辞退させて貰ひました。この賞の目的は何か知りませんけれども、もっと新しい人、新しい作品に当てられるのがよいのではないか、さういふ気

持がします〉

高木卓さんといい、山本周五郎さんといい、了解を取りつけず候補に選んでいたから起きた出来事です。今では考えられないことなのです。

この連絡先の問い合わせ、確認には、いまひとつ、二度、三度とやり取りをしていると、本当に稀なことですが「ちょっと気になることがあります」と相談されることがあるのです。たとえば参考にした書物があることを記していないとか、引用文にことわりをしていないとか、自身の気になっている点を口にされるのです。これはと思うところは、メモを取らせていただき、選考会場で司会進行役によって先生方に伝えることも考えました。大袈裟な言い方ですが、繰返しの電話は、隠し通せない「良心に目覚める機会」ということかもしれません。

選考会の当日、午後の仕事は、お札の数えです。実は選考委員には、その場で選考料を現金でお渡しするのです。両賞合わせ二十名。各五十万円。新札で用意します。それを数えて袋におさめるのです。手が切れそうなお札を三人で順番に数えました。

選考会は、以前は十八時開始、近頃は十七時開始。それに先駆け二時間半前に会場の新喜楽へ行きます。

第二十二回昭和二十四（一九四九）年下半期、井上靖さんの『闘牛』で芥川賞と決めたのが、この新喜楽での最初の選考会です。しかし、その後、「なだ万」「加寿於」「金田中」などでも開催し、第三十九回昭和三十三（一九五八）年上半期、大江健三郎さん『飼育』で芥川賞、『赤い雪』の榛葉英治さん、『花のれん』の山崎豊子さんを直木賞に選んだ回から新喜楽で行うこととなりました。ただし、第四十三回昭和三十五（一九六〇）年上半期、芥川賞に北杜夫さん『夜と霧の隅で』、直木賞に池波正太郎さん『錯乱』を選んだのは、昭和三十五年七月十九日、軽井沢の「遊ふき利」においてでした。新喜楽が大がかりな改装工事中だったからです。なお、選考会は宵の口に始まり、夜にかけて行われるのですが、この時は昼下り十三時半からの選考会でした。

なぜ新喜楽で選考会が開かれるのか。第一に口が堅い、情報がもれないことです。これまで途中経過がもれたことは一度もありません。新聞記者が待合室で待機している襖二枚を隔てて選考会は行なわれます。会場には仲居さんも入っていますが、調理場から料理を運ぶ仲居は、襖一枚あけて入った渡りの間までで会場内の仲居はそこで料理を受け取り、外部に出ることはありません。これでは会議の内容は伝わりません。いつもながら、新喜楽の心くばりには感心させられます。

私は、事務局長の立場で立ち入る前にも、選考委員をお連れして新喜楽に入ることはありましたが、第七十九回昭和五十三（一九七八）年上半期、先ほど言った五木寛之さんの選考委員の初回のときからは、会場内にあって陪席し、芥川賞、直木賞の選考会を目におさめています。

新年一月の選考会は新年のご挨拶で、盃を上げて始まります。床の間の軸は、新年にふさわしいものが掲げられます。とはいうものの幅二間はあろう床の間ですから、大ぶりの軸でないとつり合いがとれません。

私は新喜楽に先ほど記した第七十九回から第百三十回平成十五（二〇〇三）年下半期、芥川賞に金原ひとみさん『蛇にピアス』、綿矢りささん『蹴りたい背中』、直木賞に江國香織さん『号泣する準備はできていた』、京極夏彦さん『後巷説百物語《のちのこうせつひゃくものがたり》』を選んだ回まで両賞の選考会場を五十二回、この目にしていますが、この間二度と同じ軸がかかったことがありません。また選考が終ってからの食事も、毎回違った品が出されていました。

このことで当時のご主人蒲田良三さんにお礼を言ったことがあります。「一清《いっせい》さん、よく見てくださって、嬉しいですね」ともらされました。そして毎回の設《しつら》え、料理の品書き、そして仲居の名前、先生方の煙草の好みの名柄、酒の好み、無論、軸のひとつひとつが記された台帳のあることを教えられました。当然といえば当然ですが、ここまで行き届いたお客のもてなしをする料亭を、私は他に知りません。

初めに届けた予選通過の作品を候補作として討議いただけるか否か、司会の者が伺います。

司会をするのは、芥川賞は「文藝春秋」編集長、直木賞は「オール讀物」編集長です。なお、例外があって、堤堯先輩が「文藝春秋」編集長であった間は、当時、「文學界」編集長であった湯川豊先輩が代行しています。

すぐに「異議なし」と声があるのですが、時にこの何某の作品は、私の知る何々ときわめて類似するが、いかがなものか、など、感想を述べられる委員があるのです。この時、可能な限り時間をとってお話しいただくのが肝要です。他の先生の考えをうかがうのです。そして、頃合いをみて、「それをもふくめて討議をする、ということで進めませんか」と声がかかるのが常です。また、ここで筆者からうかがっていた気になっている参考文献や引用のあることなども、司会者から、時には事務局として伝え、いよいよ選考に入ります。

時計回りに第一回の感想をうかがいます。時には欠席の委員もあり、書面回答が提出されている場合、最初の採決にのみ、それは加えられます。○△×を使い、○が1点、△が0.5点、×は0点として数値化します。この時少なくても○が三つはあって、あと△がならんで過半数以上の得点がないと受賞作になるのは無理です。点数の少ない方から順に一作ごとに感想をうかがいます。なぜ△か、また×か。陪席の者たちは、その発言をもらすことなく記述します。秘密会とはいえ、公益法人の資格を認可を得ている組織での会議ですから、議事録にあたるものとして、この記録は大切に保管されています。秘密会、非公開だからロクな討議をしていないのでは、とおっしゃる人がありますが、これは間違いです。非公開だから、先生方は本音を語られるのです。これが公開されたら該当の作者は卒倒してしまうことでしょう。またそういう言葉は公開では出てきません。上べ話で終り、それでは審査にはなりません。

作品討議のことで、紹介しておきたいことがあります。第六十二回昭和四十四（一九六九）年下半期の清岡卓行さんの『アカシヤの大連』を選んだ芥川賞の選考会でのことです。「三田文学」に発表の、岡本達也さんの『幕間』が候補作になりました。この作品の討議が始まった時です。舟橋聖一さんが発言を求められました。「この作品の筆者、岡本は私の家に出入りしている者だ。私がここにいては、自由な物言いができないだろうから、討議されている間、退席する」と会場を出て行かれました。しばらくして戻った舟橋さんに、委員のひとり丹羽文雄さんが「舟橋君、君のところに出入りしている岡本君は落ちたよ」とひと言、言われたとうかがいました。そのことがありましたので、第八十五回昭和五十六（一九八一）年上半期の吉行理恵さんの『小さな貴婦人』が芥川賞となった時の、兄で選考委員の淳之介さんのことを記しておきます。

「妹の作品だが、俺はここでみんなの感想を聞こう」と舟橋さんのように会場を去ることはありませんでした。そして、淳之介さんが感想を述べる番になりました。

以前、候補になった時は「評価を差しひかえる」との態度を取り、投票にも加わらなかった淳之介さんでしたが、『小さな貴婦人』の時は、「妹の作品だが書けている」と、明快に答えられました。この回に私は陪席していましたが、実に爽やかな感じを覚えたのでした。

五木寛之さんが選考委員になられた第七十九回昭和五十三（一九七八）年上半期直木賞の選考委員会でのことです。色川武大さん『離婚』、津本陽さん『深重の海』に決まるまでに、いま一篇の作品を強くおされる方もあって、長時間の討議となりました。この時、五木さんが「どうでしょう、その一篇も入れて三篇受賞としては」と提案されました。その時でした、水上勉さんが、五木さんに語りかけました。

「五木君ね、選考会というのは一篇を選び出すもので、どうしても甲乙つけ難い、ということでいま一篇を添える。二篇がせいぜいなんだ。三篇選ぶのは選考会の体《てい》をなさない。互いの面子《メンツ》を潰したくないだけの会となってしまうんだよ」と口にされたのでした。昭和四十九（一九七四）年上期の講談社「小説現代」新人賞の選考委員会で、五木さんは、勝目梓、飯塚伎、中戸真吾の三名の授賞を決めたことがありましたので、直木賞でもということで提案されたのでしょう。

この三人授賞の例を講談社では、「群像」新人賞でも行っています。第十七回昭和四十九（一九七四）年度では、後に第七十九回芥川賞を受賞する高橋三千綱と、飯田章、森本等の三人を選んでいます。

新田次郎さんが選考委員になられたのは、第八十回昭和五十三（一九七八）年下半期の直木賞からで、この回は有明夏夫さんの『大浪花諸人往来《だいなにわ》』と宮尾登美子さん『一絃の琴』が受賞作となりました。

新田さんは有明作品に疑問を抱いての選考会でした。「議長！」と大きい声を出され、挙手されます。それが二、三度続きました。さすがにこれはこれまでの直木賞の選考委員会の雰囲気にはそぐいません。この時も水上さんが、「新田君、ここは自由に話したらいいんだよ」と、おっしゃったものです。「議長！」と言って当てられると、「はい、お答えします」と、おっしゃるのは、新田さんの、以前、勤務された気象台での会議の方法だったと思われます。

新田さんの発言は「有明作品の中で、浪花の写真館で写った写真に写真機のレンズの傷が残る。それをトリックに使って事件が展開するという筋なのですが、果してレンズの傷は写真にあきらかに写るものかという疑問です。

「自分のカメラのレンズに傷をつけるわけにいかないから、セロファンテープを貼りつけて、傷もどきのものを作り写真を撮ったが、小説のような状態にはならなかった。自分の実験にも限界があるので、カメラ会社の技術部に次々と電話して尋ねてみたところ、得た結論から言って、この小説のようなことは成立しません。よってこの作品への授賞は反対します」とおっしゃるのです。新田さんは科学者としての立場から、このように疑問を抱くと調べを尽されるのです。

有明作品は、新田さんの指摘される欠点を持ったとしても、それは連作の一篇、他の作品はみごとな物語で、直木賞にふさわしいということで授賞となりました。

新田さんは、これには不服です。その気持をこめて選評を書きます。それは受賞作には触れないで、落ちた作品について書いています。授賞に賛成だった宮尾登美子さんとその作品『一絃の琴』に触れると、いまひとつの授賞作の有明さんと作品に触れなければならず、それはしたくないということで新田さんが選んだ方法です。

それにしても、選考委員会は不思議な感じです。「賞の女神」があたりを動いているような感じがします。委員が手洗いに立ったわずかな間に形勢が変わってしまうこともありました。また、あれは津本陽さんを選んだ直木賞の会でした。審議が停滞した時、司馬さんが、「この作品が載った『VIKING』の主宰者の富士正晴さんに聞いたんです。津本という人は、たしかな人物ということでした」と口にされました。この一言で、雰囲気が変わっていったように思いました。

選考会の運びは、司会進行の腕前の見せどころですが、しかし、最後は委員一人ひとりの考えと、多数決です。他の賞ではいろいろ根回しがあるように聞きますが、日本文学振興会の賞では、一切それはありません。新しく委員になられた方から、「君たちは何も言わないのか」と言われ驚いたことがあります。

昭和五十年代の後半から六十年代にかけ、「文藝」からデビューした佐藤泰志という北海道出身の青年の書く小説が「文藝」の他に、「新潮」や「文學界」に載るようになり、そして幾度か芥川賞の候補になっていました。

或る回の選考会の席です。佐藤作品をめぐって討議されることになって、安岡章太郎さんが口を開きました。

「実は、この佐藤の友人だという男が電話して来て、佐藤をよろしくと言うんだ。そんなことが通ると思っているのかね」

それから続く言葉は、それまで一度も聞いたことがない怒気をふくんだものでした。「実に不愉快だった」ともおっしゃいました。友情からなされたことと思いますが、これは逆効果でした。そのようなことで動かされるような選考委員ではありません。こういう不愉快な気分にさせて、それが作品読みにさわらないなど、思う想像力がなかったでしょうか。

佐藤さんの小説には、繊細な感覚が捉えた清冽な描写がありました。北海道の作家ならではの透明感のある文章で綴らる物語性豊かな作品には好感を抱いていて、私の好きな作家でした。誰かが寄り添っていないと倒れそうなあやうさも感じられました。先の電話の主も、そういう思いをつのらせて安岡さんに電話をかけたのだと思います。四十一歳で木に紐をかけ首を吊り、亡くなりました。

選考会での安岡さんには、いくつもの忘れられない情景があります。鋭い批評にはいつも感心して耳を傾けたものですが、時には、気持が先を急いでか、読み落としをされているところがあって、発言内容が誤解に基づくことがありました。このような時、大江健三郎さんが、「安岡先生、そのことはここに書かれていますよ」と、丁寧な口調で、該当箇所を示されるのです。安岡さんも、頁を繰り、目を走らせて、「そうだ、読み落としていた、失礼しました。大江君、ありがとう」と、礼を言われるのでした。選考会では、このような人と人の交わりもあって、心和む時もあるのです。

水上勉さんとは親しい作家と編集者の交わりをしました。水上さん自身がおっしゃる「単行本は二万部は刷ってもらえた」大衆小説の執筆を加減して、ご自身がいう文藝誌に載る、いわゆる純文学を多く書かれるようになったのは、昭和五十（一九七五）年になってからです。翌五十一年六月から始まる『水上勉全集』全二十六巻を刊行するにあたり、水上さんは全作品を読み直し、何かを感じられたようで、しきりに「残る仕事をしたい」と口にされるようになりました。また直木賞の選考委員をやめて芥川賞の選考委員になりたいとおっしゃることが多くなりました。「一清《いっせい》からも、そんな話を伝えてくれんか」ともらされることもありました。芥川賞に回られるのは十年近く経った昭和六十（一九八五）年下半期第九十四回、米谷ふみ子さんの『過越しの祭』受賞の時からです。

水上さんに何があったか、改めて問うことはありませんでしたが、小林秀雄さんが亡くなった時、『益田の夜』という追悼文をいただき、その中で暗に厳しい作品評を聞かされたことを記しておられるのです。私自身、芥川賞が直木賞に優るとは思いません。大衆小説が後世に残らず、純文学といわれるものが残るとも思いません。自らの経験にともなう心情を忠実に書くことで、自分の生き方を求め、人間の生きる真実に触れる作品なら、時を越えて読みつがれ、後世に残ると私は思うのです。

ちなみに水上さんの転機となった小林さんの話があった島根県の益田は私の故郷です。そういう縁もあって、私は水上さんに覚えられていたのでしょう。私は水上さんの文藝誌に書かれる短篇小説の感想をハガキや手紙で伝えました。あとで新潮社主催の川端康成文学賞を受賞される『寺泊』が「展望」昭和五十一（一九七六）年五月号に載った時は、発売されてすぐに読み感想を綴ってお届けしました。この時は、お礼の電話をいただいたものです。

その前後のことです。水上さんは、まだ直木賞の選考委員をおつとめの頃でした。会うやいなや、「賞は残酷やなァ」と口にされたのです。直木賞の選考会が近づき、「何かお手伝いすることでもあれば」とお目にかかった時でした。これは表向き、それとなく何をおされるかを伺ってみたく、お訪ねしたのです。「何かありましたか」とうかがうと、「このことは一清《せい》が覚えておいて欲しい」と言って、前の日あったことを話し始められたのです。その回の予選通過作は、本数が多く、雑誌発表の短い作品もあれば、単行本もあります。そのうちの一作は上下本の長篇です。このような時、水上さんはホテルに籠もって作品を読まれるのです。そうした作品の一つを書いた作者の妻は、彼女が娘時代、水上さんの仕事の関係での知り合いでした。

「彼女が、きのう訪れて来たんや。夫を何とか男にして欲しいと言うんや。……そんなことできるものではない、と言ってたしなめたんだ。……でも、そのためには何でもする、というんや。……彼はここに来ることを知っているのか、と聞くと、黙って来たと言う。そういうもんやろうけど、賞の選考はどうなるものでもない。それにしても辛かったろうとなだめたけどな。一清《いっせい》、むごいことよなァ。よう覚えておけよ、女房をここまで追い込む賞だということ、知っておけよ」

水上勉さんは、美男ですし、女性の心や姿を書く作家でしたから艶聞は絶えませんでしたが、こと文学賞、直木賞の選考に、それを決して持ち込むような者ではなかったこと、私に覚えておいて欲しい、との話でもあるのです。

「文學界」「別冊文藝春秋」の編集部にあって、阪田寛夫さん、中上健次さんに芥川賞受賞作を書いていただき、三好京三さんの『子育てごっこ』を世に出していた頃です。読みがうまくいき、話題作、受賞作家が続くと、ひそかに会って話を聞きたい、作品を読んで感想を聞かせて欲しいという方が、幾人か連絡をくださるようになりました。宮尾登美子さんもその一人でした。

三好京三さんの『子育てごっこ』が第七十六回昭和五十一（一九七六）年下半期の直木賞を受賞した時、宮尾さんも『陽暉楼』で候補になり、受賞に至らなかったこともあって、繰返してのお求めでした、宮尾さんの直木賞の執心が知れます。

「宮尾さんには必ずめぐってきます。あせらないで……」などと、口にしたように思います。ところが、太宰治賞での後輩の宮本輝さんが『螢川』で第七十八回昭和五十二（一九七七）年下半期の芥川賞の受賞者となってから、宮尾さんの直木賞への執心は一層ましていきました。その頃、世界文化社の「家庭画報」編集部の江戸節子さんが、宮本さんや水上さんの担当をしていて、私が宮本さんの作品に独自な評価していることや水上さんからは、私の小説読みのほどを聞いていて、そうしたことを宮尾さんに話したようです。宮尾さんからも、

「私のところに来る江戸さんが、一清《いっせい》さんのことを話すんよ。会いたい、小説の話を聞かせて欲しい」との宮尾さんからたび重ねての電話です。賞が欲しい、その寸前のところに道をふさがれているという思いです。といわれても、私が何ができるというわけではありません。宮尾さんの気持で、書く作品の支持者を一人でも多く得たい、それが何かの時、いい働きをする、と思っておられたようです。その宮尾さんに時がめぐり、先にも紹介した第八十回の直木賞を有明夏夫さんと受賞します。

下読みの社内選考委員会から、読み込んでいきますから今回受賞作品があるとしたら、これかこれという見当はつくようになりました。それを感じたのでしょう、「文藝春秋」の田中健五編集長が、選考会の二、三日前になると私に声をかけ寿司屋へ連れて行くようになりました。田中編集長は、あの「田中角栄研究」を載せ、他にも硬派の論文を掲げ、数々の話題の特集を打ち出していました。芥川賞の選考会の司会をつとめることになっています。

「一清《いっせい》、今回は出るか」と単刀直入に尋ねます。

「出ます。中上健次さんの『岬』、添えるとしたら岡松和夫さんの『志賀島』です」

また、「今回は厳しい」です。と言う時もありました。田中編集長は受賞作が出ると十万部増刷できるのはありがたいですが、受賞作で頁をさかねばならなくなると、他の論文、読み物が載せられなくなります。出るのは嬉しいが、出るとまた次なる問題が起きるということなのです。そういう編集上のことも考えての選考会の司会進行なのです。

困ったことが起きました。選考会の次の日、田中編集長が私の所に来て、

「一清《いっせい》、言っていた通りになったなあ、ところで中上健次の『岬』を半分、せめて三分の二くらい縮められんか」と言い出したのです。

「あれをもって、芥川賞を決定したのですから、それはないですよ」

「そうか、そういうものか」と返事したあと、「実は永井龍男さんが会が終ってから、『岬』を短かくさせろ、そうしたらもっといい作品になるとおっしゃるので」と言い添えました。

このひとことは私に痛烈にひびきました。今日ある『岬』は一度全篇改稿を求め、第二稿にあたるものでした。その時、第一稿を二十枚ばかり削っていただいたのです。そうして幾度も点検読みして、「文學界」に掲載したものでした。

少しばかり読みができるようになったと私は自惚れていました。あの『岬』を今ある三分の二にする方法は思いつきませんでした。ましてや半分の長さにする技など私にはありませんでした。私はまだまだと自分に言いきかせました。

中上健次さんの『岬』は圧倒的な作品でした。同世代はもとよりですが、後輩たちが『『岬』のような小説を書いて自分も芥川賞が欲しい」と言うようになりました。次の回に芥

川賞を受賞する『限りなく透明に近いブルー』の村上龍さんも、その一人でした。直接会って作品をめぐり、やり取りして作家デビューに導くのは編集者の仕事ですが、やはり人数は限られます。こうして担当した作品が、代わって作家誕生に係っていくとは、これほど嬉しいことはありません。

日本文学振興会の運営と進行をするようになって、一度やってみたかったことがあります。たとえば、かつて井伏鱒二さんが直木賞を受けておられる、松本清張さんは芥川賞、田辺聖子さんも芥川賞。そうであるのに、こだわらず大衆小説誌での仕事をされている、こういう一種の肩書にこだわりなく執筆活動される作家を世に送り出したいということでした。

それに踏み切ったのが、第百十九回平成十（一九九八）年上半期、これまで私小説や心境小説を文藝誌に発表し続けていた車谷長吉さんを『赤目四十八瀧心中未遂』で直木賞、一方、性と暴力で小説誌で活躍する花村萬月さんを『ゲルマニュウムの夜』で芥川賞にということを実行したのです。顰蹙《ひんしゅく》を買うかと思っていたのですが、ジャーナリズムも歓迎し、かえって新風を巻き起こすことになりました。こうして手固く、少しずつ少しずつ芥川賞・直木賞を変えていきました。

偶然とはいえ、芥川賞・直木賞での次の回が第百二十回で平野啓一郎さんと宮部みゆきさんとなるのですから、世間は芥川賞・直木賞がよみがえったと受けとめてくださるように感じたのでした。

そうした私の働きを見ていた人の一人に、徳田雅彦さんがいます。文藝春秋が戦後再発足した時の再建メンバーです。徳田秋声とは親子の関係です。平成十（一九九八）年七月初めのことです。その徳田さんから、「ちょっと部屋に来てくれ」と、呼びがかかりました。役員室に入ると、「これを、このまま一清《いっせい》に渡したいので受けとめてくれ」とおっしゃって大封筒に入った書面やノートを渡されました。

「いろいろ入っているが、これからはすべて君のものだと思って、ここぞという時の発言や文章で大事に使えばいい」

徳田さんは、日本文学振興会の担当役員で、選考委員の先生方の書面、また退任される時の慰労金の支給を記すノートなど、いずれもが貴重な資料です。実はその中に、昭和の文壇で語りつがれていた吉川英治さんが水上勉さんの『雁の寺』を直木賞に推し、他の予選通過作品をめぐって感想を述べられた「書面回答」があったのです。第四十五回昭和三十六（一九六一）年上半期、選考会場の新喜楽に体調がすぐれないため、上れないので書面回答として提出し、選考会場で披露されたものですが、そのとき担当の者は社を去り、多くが鬼籍に入り、書面そのものの所在もつかめなかったものでした。「できることなら、写しが欲しい」

と水上勉さんも言っておられたものなのです。以下、それを引用紹介します。

〈水上勉氏「雁の寺」を推薦いたします。水上氏は、何度か、これ迄の候補にものぼりましたし、その間に、多くの仕事も見せて、実際にはもう改めて直木賞にも及ぶまいといふ、従来にもまゝあった席上意見が出るかもしれないとおもはれますが、それなら初めから今回の候補に加へるべきではなく、候補に列した以上は、そんな配慮は要らないものと視て、敢《あえ》てこの既成作家の作ともいえる「雁の寺」を推しました。

「雁の寺」は同氏の作品としてどれくらいな所に位置する出来栄えかは存じませんが、佳作といってよいものと存じます。同じ僧侶物でも、禅家の匂ひやら独自な禅坊主臭などが、作中の人間によく出てをります。それもしっかりしたデェターを踏まえているので、水上氏の文学的手法と相まツて、なかく重厚な読みごたへを与え、現代の隅に古びている一寺院を背景にとって、陰翳の濃い妖奇な絵画のやうな構造を、かなりな点まで、成功させているのみでなく、見方に依ると、禅なるものゝ教義の核にも鋭い皮肉を加えているものとおもひます。

もちろん随所に瑕瑾《かきん》のやうな欠点もないではありません。終段にきて、慈念の行為だったことを説明するなどに当りますと、いかにもカラクリの種明かしをされたやうで、べつな面でせっかくおもしろく読んで来た人間小説の文学的な味が、とたんに、小さな機械小説にスリ代えられた感などがしないでもありません。それらの事も、いろ〳〵考えてみましたが、やはり他の候補作品とくらべては、この作家の筆も構成力も、そして将来の仕事に属目したいと思ふ点でも、群を抜いているかに思はれました。委員会としては、まことに〝遅ればせな贈呈〟となりませうが、やはり順当に今回はこの人がと思ふ次第です。〉

選考委員を長年つとめておられた先生方が辞任を申し出られた書面もあります。ここでは佐藤春夫さん、川端康成さん、そして丹羽文雄さんと城山三郎さんの辞任届を紹介します。

〈

辞任届

一　芥川賞銓衡委員並理事　小生儀　右御委嘱ハ先年来　申上置候通リ本年四月九日ヲ以テ満七拾歳ト相成候ニ就キ今期ヨリ辞任仕候

右

昭和三十七年六月二十二日　佐藤春夫

日本文学振興会理事長

佐佐木茂索殿

〉

〈拝啓　近ごろ目を悪くいたしまして　候補の作品を読むことが出来にくくなりましたので芥川賞委員を辞退させていただきたく御願申しあげます　芥川賞以外の文学賞の委員も辞退いたします
十二月十日　川端康成
日本文学振興会
芥川賞部　御中〉

実は、この川端さんの辞任の申し出は、昭和三十八（一九六三）年十二月十日に認められ、速達で届けられました。しかし、この時は慰留して川端さんには、第六十六回昭和四十六（一九七一）年下半期まで留まり、委員を継続していただいています。委員の先生方は毎回「これが最後」との思いで、選考に臨まれているように思えてなりません。

丹羽文雄さんは第二十一回昭和二十四（一九四九）年上半期から第九十二回昭和五十九（一九八四）年下半期まで七十二回にわたり芥川賞選考委員をつとめられました。瀧井孝作さんが第一回昭和十（一九三五）年上半期から、第八十六回昭和五十六（一九八一）年下半期までの八十六回のつとめですから、それに次ぐ長さです。丹羽さんについてはひとつの伝説があり、「丹羽さんの推される作家は大成する。ベストセラー作家になる」といわれていました。丹羽さんの最後の頃の注目の作家は、木崎さと子さんでした。選考会のあった晩、東京會舘の受賞者記者会見場に、新喜楽からの帰途、立ち寄られて、初めて木崎さんに会い、お祝いを言われたのでした。丹羽さんがこのようなことをされたのは、初めてのことでした。私はこの時のお二人の姿を忘れることはありません。昭和六十（一九八五）年二月十三日の宵、東京會舘での受賞式にも見えて、その前途を祝い、目を細めて、木崎さんの晴れの姿を眺めておられるのを私は記憶しています。丹羽さんは感慨一入《ひとしお》だったと思います。翌朝、選考委員辞任届けを認めます。

〈　昨日は失礼　昨日の木崎さんの受賞式は　私にとってもうれしいことでした　木崎さんの「裸足」が芥川賞の候補になったときから　心にきざみつけていた人だけに自分のことのやうにうれしかったのです　これを機会に　私の選考委員の辞任の気持は　いっそう固いものとなりました　二十四年からですから　三十五六年になります　あの選考会のあとで辞任を申出るよりも　いまの機会がもっともふさわしい辞任の時と思ひ　この手紙を書きました　このほか五つ六つも選考委員をつとめていますが　ぼつぼつとやめていきたい

と思ってます　上林社長はじめ皆さんに　よろしくお伝え下さい　いろ〳〵お世話になりました

二月十四日

丹羽文雄

徳田雅彦様江

〉

城山三郎さんの「辞任届」は、

〈今回限りで直木賞選考委員を辞任させて頂きたく　お願い申し上げます

五十八年七月二十四日

城山三郎〉

というものです。昭和五十八（一九八三）年上半期の第八十九回直木賞は、胡桃沢耕史の『黒パン俘虜記』が授賞作となりました。選考会は七月十四日ですから、十日を経てこれは認められたものです。その間の思いのほどは私にはわかりませんが、B5の上質の便箋に書かれた文字を見て、私が新入社員の昭和四十二（一九六七）年暮れにいただき、翌年の昭和四十三（一九六八）年の「別冊文藝春秋」第百三号に掲載した、城山さんの代表作にあげられる長篇小説『一歩の距離』の原稿の文字筆跡と、十六年経っても、少しも変わっていないことに気づきました。意志の強い、変わらぬ姿勢を貫かれた方でした。

辞意を伝えられると、日本文学振興会では引き留めにかかります。先の川端さんのように、翻意される委員もありますが、この城山さんの、十日間の熟慮のすえの決断は、どれほど慰留に努めても無駄に終りました。

城山さんとは、その後も編集者として、お目にかかっていただきました。城山さんが昭和文学で、評価する大岡昇平さんの『成城だより』が、私が企画した連載エッセイと知ってからは、一層の親しみを感じてくださったようです。城山夫人の逝去の折は、葬儀のお世話をいたしました。その後、出身地の愛知県の講演会にお供をしたり、亡くなるまで担当編集者で過ごせたのは、私にはかけがえのない思い出です。なお、「辞任届」が提出されたのは、この城山さんが最後で、それ以降は口頭だったと記憶します。

数々の書面の入った封筒を渡された同じ平成十（一九九八）年の十一月七日、江藤淳夫人慶子さんが亡くなりました。その日、弔問に伺うと、夫人の遺体の前に連れていかれ、そして、「日頃、二人で語っていた君のことを話すから遺言だと思って聞いてくれ」とおっしゃって、長らく停滞していた、芥川賞が元気を取り戻してきたことを、夫人は喜んでおられたと言われるのです。

その証《あかし》をということで、葬儀の後、私を文藝春秋に訪ねてこられ、夫人の名で日本文学振興会に寄付金を手渡されたのでした。公益財団法人の基本財産の額面が、まとまった額に加え端数にしては大きい金額が書き入れてあるのは、それゆえです。

その頃にはあれほど日本文学振興会理事長、文藝春秋社長を悩ませていた、三月号、九月号「文藝春秋」発売直後の電話はかかってこなくなったと聞きました。

三、なぜこのような受賞作になったか

昭和の終り頃の日本の世相は、まさに「バブル景気」の絶頂でした。しかし、平成に入って二年目、西暦一九九〇年十月一日、東証株価が二万円を割り、バブル経済が崩壊し、世の中、一気に不景気となりました。

翌平成三（一九九一）年十月一日、多国籍軍がバグダットやクウェートを空襲、湾岸戦争が始まりました。平成六（一九九四）年六月二十七日、松本市でオウム真理教集団による「松本サリン事件」が発生、平成七（一九九五）年一月十七日には阪神淡路大震災、三月二十日には地下鉄サリン事件が発生しました。この間、明るいニュースはというと、平成五（一九九三）年六月九日の皇太子殿下と小和田雅子さん、現在の天皇、皇后のご成婚、平成六（一九九四）年十月十三日の大江健三郎さんのノーベル賞受賞が決定したくらいで、暗いニュースばかりでした。

直木賞は、こういう世の憂さを晴らしてくれるような物語を読ませてくれる作家が次々と登場するのですが、芥川賞は、そうした時代の雰囲気を漂わせる憂鬱な作品が続きます。

私が日本文学振興会の事務局長になったのは、まさにその頃で、理事長である文藝春秋の社長が、苦情電話に困っている、芥川賞を立て直すよう申し渡されて当然だったのです。

実は新聞、放送ジャーナリズムは、新しい作家の誕生は、暗いニュースばかりのところに明るいニュースとして、注目されるのです。しかし、記事を書こうにも、記者たちにとって、果してその小説が一般の読者にすんなり読め、素直な感動を抱ける作品か、となると疑問だったろうと、私は当時の芥川賞受賞作品を受けとめていました。直木賞に比べ、記者が紹介記事に難渋しているのは、読むとわかるのです。そして、報道も「芥川賞・直木賞」というもの、直木賞の作家にやや主力が注がれていました。

世の中は相変わらず暗いニュースが続きます。平成九（一九九七）年六月二十八日には、神戸連続児童殺人事件を犯した少年Aの逮捕などが起きますと、ますます明るいニュースが求められます。その頃から芥川賞受賞作品も変化し、記者たちも会ってインタビュー記事を書いてみたいと思う新鋭作家がひとり、またひとりと登場して、いつしか新聞の紙面での両賞の占有量が多くなり、扱いも中段あたりから上段の記事へと変わっていきました。

第百三回平成二（一九九〇）年上半期からは、選考会の開始時間を夕方六時から五時に繰上げて、始めたこともあって、新聞は遠い地域の朝刊の記事に間に合うようになり、放送はNHKテレビの、夜七時のニュースで速報を、夜九時のニュースでは受賞者の記者会見の様子も映像におさめたニュースとなりました。

私は事務局長として、こうした報道関係の記者たちとの対応を及ぶ限り努めました。たとえば、予選通過作品が決まり、資料が整うと、一日でも早く通知しました。公表し、記事として掲げるのは一週間前と決めていましたが、記者の中には事前に取材にかかる方もあります。独自の判断で動かれるのですが、かなりの記者はより確度の高い取材をと、私に感触をうかがいたいと連絡をくださるのです。

そこでの会話には、気を遣いました。私個人の感想は「受賞作は出る、出ない」「出るとしたら、これか」というくらいの読みはしていますが、それは決して表には出しません。私からは「今回の作品は、どんな感じですか」と尋ね、具体的な作品を記者の方から聞き出すことに徹しました。勘のいい記者は、私の言葉の中から、私がどの作品を考えに入れているか、かぎ取っていました。

選考会の当日、新喜楽での選考会が始まると、直ちに記者を迎え入れ、取材のため待機できるように二階のホールに案内しました。私はここで、取材のためにお越しいただいたことへの礼を述べ、「会議は定刻五時より、予選通過作品を候補として選考が始まりました」と、案内します。その時、貼紙をして、選考委員名と当日欠席の委員があればその委員の名前、欠席で選考に加わらないが、書面回答があるか、ないか、明らかにしました。

私は、記者の方々が社で結果を待っている方と連絡を交しているのがわかりましたから、一時間ほど経って途中経過を、さらに二、三十分後に「最終段階に入っていますので、ほどなく結果を発表できると思います」と告げました。「決定発表できる」とでも口にしたいところですが、予断を許さない言い方で伝えていました。

私は平成十七（二〇〇五）年四月に、松江の観光文化プロデューサーとして赴任しました。文藝春秋を退き、松江へ行く日が迫った三月の一夕、新聞社文化部の有志の方々が、送別会を開いてくださいました。こうした会をしていただいた例があったか、記者の方々は初めてのことだとおっしゃっていました。

「あの、経過を教えていただくので、どれほど助かったか。我々は、それまで本社の連中の『まだか』との電話を聞いたものでした。紙面作りの者たちは、遅いのは、まるでお前のせい、と叱るんですから。一清《いっせい》さんの気遣いで助かりました」

常日頃の心がけは、反映して芥川賞・直木賞また関係する松本清張賞、大宅壮一ノンフィクション賞、菊池寛賞についての報道、記事の扱いが目立つようになりました。

松江で働くようになって三年経った頃でした。隣りの境港市の観光協会、桝田知身《ともみ》会長から会いたいと連絡がありました。お目にかかって、初めて教わったことがありました。桝田さんは、水木しげるロードを企画し、年間百万人の観光客誘致を成功させた方です。この業界の仕事の評価として、企画して行ったことが報道関係にどれほどの扱いを受けたか、たとえば放送であれば報道ニュースや番組で紹介された時間を、時間枠で買うと何十万、何百万円にあたる。新聞であれば、報じられる記事を広告スペースとして計算するといくらの値が付く。その合計が仕事の評価という算出法です。その年の桝田さんは大いに働いて、これまでにない金額を計上したというのです。「気になる松江の観光文化プロデューサーの君《きみ》を調べが及ぶ限りで計算してみた」というのです。自分と勝るとも劣らぬ金額になっていたということでした。日本文学振興会は文藝春秋よりの寄付の行為により運営しています。文藝春秋の経理の扱いは「宣伝事業費」としての支出です。年間一億三、四千万円の支出ですが、その宣伝事業の効果を計算すればいかほどの金額が算出されるだろう、と思ったのでした。

私が芥川賞・直木賞の社内選考委員になった昭和四十三（一九六八）年頃、作品評価として、「文学賞としてふさわしいものか」が基準となり、「人間が書かれているか」が問われたものでした。登場人物にも、作者自身にも、生き方、考え方を示すことが求められていました。これは両賞に共通していました。下読みの社内選考委員会でも、その考えは浸透していたと言っていいでしょう。直木賞の場合、今日では読んで面白いエンタテイメントを求めるのが選考基準となっていますが、以前はそうではなかったのです。

あの当時、黒眼鏡をかけ、いろいろな奇行をしては顰蹙《ひんしゅく》を買い、風俗情報を興味本位に伝える媒体で人気者となり、テレビの娯楽番組に、出演していた野坂昭如さんなど、今日では軽くパフォーマンスと見過ごされるものですが、当時の選考委員には不興を買ったものでした。選考会にかけ、授賞を検討されるとなると、真摯な執筆態度で書かれた作品、それを委員も懸命に読むという姿勢が貫かれていたといっていいでしょう。「まじめ」「ひたむき」「一所懸命」という言葉が意味を持ち、生き方に反映していた時代です。

そういうまさに色眼鏡で見られていた野坂昭如さんが第五十七回昭和四十二（一九六七）年上半期直木賞で、『受胎旅行』で候補になり、様々な風当りに屈せず、次の回に『アメリカひじき』『火垂るの墓』で受賞者となるのです。作品の力、野坂昭如さんの作家としての力が勝ったからです。

それにしても昨今の文藝の世界では内容よりも話題性に注目している傾向が感じられます。芥川賞・直木賞も、その感じは否めません。また、授賞をめぐっても、その回の候補作品の中から、選び出そうとの傾向があるようで、「受賞作なし」の回が、以前に比べて少なくなりました。たしかに「受賞作なし」は、淋しいことですが、水準を下ろしてまで、受賞作を出して、賞としての格が落ちるのは、もっと淋しいことです。

もちろん絶対基準などあるわけがありませんから、選考委員が、かつて自分の作品が評価される時の思いを、呼び起こし、授賞に値いするか否かを問われたらいいと私は思うのです。一度落ちたレベルを上げる努力は、並大抵のことではありません。

物語の面白さを求める例では、推理小説、探偵小説といわれたミステリィーがあげられます。謎解《なぞと》きを主眼とするので、小説は登場人物の性格や生い立ち、生き方などに深く入らず、表面的な描写にとどめ、物語の面白さを求めての筋立ての複雑さ、またそのための伏線張りに主力が注がれます。さらにそれ以上に、トリックすなわち仕掛けの奇抜さ真新しさが求められます。これでは人間を書く、文学の主目的の要素は希薄になるのは当然と言っていいでしょう。ミステリィーで、その要素をみたすとしたら、いわゆる倒置法という、初めから犯人を明かし、なぜ犯罪を起こすに至ったかを描くことですが、読者としては、謎解きの楽しみが奪われているから、物語の感興はそがれます。

ミステリィーを得意とした三好徹さんは、改稿してミステリィー色を落とした『聖少女』で第五十八回昭和四十二（一九六七）年下半期直木賞を、結城昌治さんも、幾作も優れたミステリィーを著していますが、やはりミステリィーではない『軍旗はためく下に』で、第六十三回昭和四十五（一九七〇）年上半期の直木賞を受けました。三好さんも、結城さんも、それまでミステリィー色の濃い作品でそれぞれに候補になっていて、受賞には至らなかったことから方向転換しての受賞といっていいかと思います。三好さんの作品は「別冊文藝春秋」に掲載された作品で改稿のあとが残る原稿に、私は印刷所へ渡す前の組み指定をしました。作家の運命を変えた証拠を目の当りにしたのです。

『軍旗はためく下に』は、陸軍刑法の裁きのもと、祖国を遠く離れた戦場で処刑された軍人たちを描くものです。これは昭和二十七（一九五二）年に行われた、いわゆる「講和恩赦の際に、事務にたずさわった結城さんの体験、また、戦争末期に海軍での軍隊生活が、作品のリアリティーを保証しています。とはいえ、結城さんも、三好さんもミステリィーの執筆で培《つちか》った、緊張感で読者を引き込むサスペンスの展開方法を使用していることは、言っておかねばなりません。

その頃の作品で、第六十回昭和四十三（一九六八）年下半期直木賞受賞の陳舜臣さんの『青玉獅子香炉』は、「別冊文藝春秋」第百五号に掲載された作品です。先の三好さんの作品同様、デスクの池田吉之助先輩の担当作品ですが、これも私が入稿のための組み指定を入れ、ゲラになるとカットを画家の中尾進さんに依頼しました。中国の地図を配して物語の筋がたどれるように絵解《えとき》をかねて描いていただいた思い出深い作品です。陳さんは、その頃、江戸川乱歩賞を受賞したミステリィー作家として多くの読者を抱えておられました。その実力を認めた上で、「別冊文藝春秋」編集部が、直木賞受賞をねらって作品執筆を依頼したのです。

清朝末期から第二次世界大戦後に至る中国が混乱した時代、精魂こめて制作した獅子香炉の行方を見守り続けた李同源という人物の波瀾に満ちた生涯を描く作品です。

この作品で直木賞を得たことで、陳舜臣さんがミステリィー作家として歩み続けるのではなく、中国歴史小説で一家を成す作家となっていくこととなります。別にミステリィーが下位の小説ということではありません。作家活動の領域が大きく広がっていく作品、そして直木賞受賞だったと私は思います。

ミステリィーと同様、いわゆるSF（サイエンス・フィクション）の作品、また作家たちも、直木賞選考委員にはなかなか受け容れていただけなかったと思います。

想像力を広げ、未来の人間世界を空想して展開する物語は、現実味が乏しい、あまりにも絵空事として、選考委員の多くの支持を得ることができなかったのです。特に、私たち社内選考委員たちの下読み段階で話題となったのが、筒井康隆さんでした。小松左京さん、星新一さんと並んで「SF御三家」と呼ばれ、作品発表のたびに注目し、話題にしました。筒井さんの場合、パロディーやスラップスティックな、すなわちドタバタ劇の笑いを呼び起こす作品、特に私たちがその取扱いに思案したのが、ナンセンスなSF作品でした。新しい文学の予感を受けるものの、既成の文藝、日本の文学の流れを破壊しようという気概でなされる創作活動で、この筒井さんを直木賞で受け容れようとしたのは、果たして正しかったかどうか。

予選通過作品として残すのは、その作品を受賞作品にと思うからですが、直木賞の扱う文藝領域の広さを見せたいために、私たちは筒井さんの一連の作品をこの賞の中で読んでいたのではないか。直木賞など関係なく、日本文学に初めて現れた実験的な創作方法で、読者に迎え入れられる作家として見守っていたら良かったかもしれません。筒井さんは、特異な才能を持つ作家です。神戸市垂水区の高台にあるお宅に訪ねる日は、怖いほど緊張しました。「オール讀物」編集部員であった頃、パロディーの代表作に上げられる筒井版の百人一首『裏小倉』をいただき、『不良少年の映画史』の連載を担当するなど、浅からぬ縁を結びました。それだからこそ筒井さんへの思いが私にはあるのです。

それなのに三度も予選通過、候補作として扱われるものの受賞とはなりませんでした。選考委員に直木賞への見識があったからですが、たび重ねて授賞見送りとなっていては、やはり筒井さんもおさまりがつきません。筒井さんは「別冊文藝春秋」昭和五十二（一九七七）年九月発行の第百四十一号から『大いなる助走』を六回にわたり連載します。

直木賞と想定される文学賞の選考委員を想起させる人物たちを醜悪に描き、落選した主人公がそれら委員たちを殺害して回るという、前代未聞の喜劇というか、ドタバタ劇です。これを他社の媒体で発表するわけにはいきません。すべてを受けとめるという覚悟で直木賞と深く係る文藝春秋の「別冊文藝春秋」に載せたのです。

賞を営むと、このような反動もあり、それも受けとめなければならないということです。この連載の発表の時に、私も同じ編集部にいました。編集長の豊田健次先輩の厳しい表情が今も記憶に残ります。主人公の名前は市谷京二。私が担当して直木賞受賞作『子育てごっこ』を書いた三好京三さんの名をもじってつけられています。贈呈式の様子など多分に三好さんの場合をモデルにしていました。こうした細部の情報は、私が提供したものではありませんが、周辺の者たちから取材して筒井さんは書かれました。およそ、その種のパロディーやドタバタ劇は決して愉快なものではありません。私自身は、馴染まない領域です。

それでありながら、この作品が『文学賞殺人事件』として映画化された時、私はエキストラとして出演しています。これも担当者の定めです。あれもこれも、筒井さんを直木賞に引き入れようとしたことから始まった一連の出来事として、昭和から平成にかけての文壇史の一齣、芥川賞・直木賞の歩みのひとつです。

時代が変わり、小説世界の多様性を反映して、直木賞候補作品にミステリィーまたSFも冒険小説も上がるようになりました。選考委員のひとり柴田錬三郎さんは、早くからこれらに理解があって、積極的に推されましたが、多勢に無勢、孤軍奮闘のうちに病いに倒れました。講演会の随行をつとめた時は旅先の宿で、選考会場への送迎の車中で、最後の時は高輪の自宅ではなく、入院先の慶応病院への送迎でしたが、柴田さんは、日本の小説がもっと面白いものになるよう、繰返し言われたものでした。

選考委員は時代とともに顔ぶれが変わります。すべてが戦後生まれになり、ミステリィーを得意とする委員も加わり、いま、直木賞に「文学作品」を求める作家はいません。面白いか、物語作りは巧いかを問い、ミステリィーも授賞作となっています。

ただ私自身は、いい直木賞受賞作品は、「物語作りが巧み、人間がよく書けている」ものであると言っておきたいと思います。それでないと、作品は長く読みつづけられないからです。ひとときの憂さ晴らしの小説を選び、賞を授けるというのは直木賞の役割と思いたくないからです。

私はミステリィーを恋愛小説と並べて考えることがあります。ミステリィーもいろいろあるでしょうが、近ごろの作品は「×××殺人事件」という題名が示すように、人殺し、またそうでなければ人をあざむき、自分だけが得をする、それを完璧に成し遂げる、つまり完全犯罪を企む、人間の邪《よこ》しまな行いを描きます。それが決して「邪しまなこと」とは思わない、人間の知能の発露とみなしているところがあると思います。

私がそういう思いを抱いて見てしまうのか、ミステリィーを書かれる作家の方々の貌は私にはいい貌とは思えませんでした。疲労の色ばかりが目立つのです。他のジャンルの小説を書かれる方は、登場人物の発展、展開にあわせて実際の人生を確かめられるわけで、人間の探求にいそしむ人は深い表情のいい貌になっていかれます。

「ミステリィーの女王」といわれていた夏樹静子さんが、そのように言われるのを疎ましく思われ、ただ「作家」「小説家」と呼ばれたいと口にされるようになり、「普通の小説、非ミステリィーを書きたい」とおっしゃるようになりました。私はそれを作家として、人としても大切な心境の変化と受けとめ、応援することになりました。夏樹さんが選んだテーマは『白愁のとき』で痴呆を、いまひとつは女優を描く評伝小説『女優X　伊沢蘭奢の生涯』です。これは夏樹さんに求められて、私が提供したテーマでした。私の故郷の隣り町、津和野出身の女性が、離婚し子と別れ、上京して女優になり、松井須磨子なきあとの十年間、日本の新劇を支える女優になるのですが、置いてきた子への母性に悩む姿を描いた作品で、私が高校生の頃から取材を重ね、資料集めをしていたものでした。作家としてデビュー以来、母と子の絆、女性の母性を追求して来た夏樹さんにとっては、ふさわしい小説のテーマだったと思います。今では「作家夏樹静子の非ミステリィーの代表作」に上げられています。

夏樹さんとは、次の仕事で「恋愛小説」に取りかかることになっていました。これはミステリィーをたくさん書いた夏樹さんには当然の思いだったと私は受けとめました。恋愛小説は互《たが》いに好意を抱き合う小説です。逆な言い方をすると、いかに迎え入れられるかを考え、そのために努めることが描かれる小説です。それには心を磨き、清くありたいと思う人間関係を描きます。もっとも、いかに相手を落し込むか、あの手、この手を考える男女の話もあるでしょうが、私はこれを恋愛小説とは思いません。人を恋し、愛するのが恋愛小説です。

恋愛小説の基本になるのは、人間への信頼です。その底には人間愛、人間賛歌です。それはミステリィーにはないものです。夏樹さんが求めた「恋愛小説」のモデルは、『時雨の記』でした。これは中里恒子さんの作品で、たまたま私の担当する作家だったこと、『時雨の記』の映画化にも係ったこともあって、この恋愛小説のことを幾度も尋ねられたものです。しかし、粗筋書きまでは出来たものの、執筆には至りませんでした。

芥川賞・直木賞に話を向けます。特に直木賞でミステリィーが選ばれにくいことは、ここに一因があるのではないかと私は思っていました。委員の先生方は、せっかく読むのであれば、人間の悪、暗部をこれでもかと書いたものより、心にいい、人間の信頼を強く感じ、人間愛に触れるものを読みたい、と思われるのは当然だと思いました。いい恋愛小説を選ぶのは、人間としてごく自然な欲求だと思うのです。

恋愛小説を日本の古来の表現を使うと相聞といえるでしょう。相聞と挽歌こそ日本文学の二大要素です。いかに人を好きになるか、そのため人として自らを高め清めていくかが、相聞の底にある真情です。挽歌は、愛する人、好きだった人を亡くした哀しみを表したものです。ここでも清い人の心が底にあるから、哀しみが深く心を打つのです。

さきほどの「SF」小説に話を戻します。「SF作家クラブ」という集団では、近未来の空想科学小説を書かれる若い人たちもあれば、いわゆる冒険小説と称して、いわゆる冷戦時代の世界情勢、国際政治を題材に国際スパイ小説、また原子炉破壊を目論《もくろ》む過激派テロリストとそれを防ぐ者との攻防を描く作品が続出しました。

SF作家クラブには所属してはいませんでしたが、小松左京さんの京都大学での学生仲間で、同人雑誌での執筆活動を共にしていた人に、三浦浩さんがいました。私と同じ島根県出身で旧制浜田中学校から早稲田高等学院を経て京都大学に進み、卒業後は産経新聞社に勤めました。この時の上司が福田定一、すなわち司馬遼太郎さんでした。何年か働いた後、イギリスに留学し、帰国すると外報部記者となり、そこでの知識をもとに国際冒険小説を書きました。国際スパイ小説もありました。私が担当して若い女性を主人公の連作小説『津和野物語』も出版しました。新聞社勤務の方の文章です。文章は粗くて、小説の興趣がわきません。「ちょっと手を入れてみませんか」と言うと、「俺の文章に難癖をつけるのか」と怒り出すのです。新聞記者出身の方は、プライドが高く、最も上手な文章を自分は書いているとの自信を持つ人が多いのです。このような反応をされると次は何も言えず口を噤《つぐ》みました。

司馬遼太郎さんは、この後輩の三浦さんを何かにつけて引き立てておられました。三浦さんが書かれた「国際スパイ小説」が出版されると、ほどなくして電話をくださいました。

「今度の三浦君のは、どうやろう」と感想を求められます。私は素直に感じたままを口にしました。「そうやろうなァ」と司馬さんも同意されるのです。それでも、何度か直木賞の候補になりました。そして毎回、辛い結果になりました。選考会での司馬さんの孤軍奮闘ぶりが、今も目に浮びます。それであって、三浦さんは「直木賞を受賞したい」と言うのです。私は三浦さんに、そう思われるなら、お父様のことを書きませんか、と申しました。

父親の三浦義武は、戦前、東京の日本橋にあった白木屋で毎週土曜日の午後「コーヒーを楽しむ会」を開いて、北大路魯山人の「美食倶楽部」とともに、東京の文化人を魅了したコーヒー淹《い》れでした。ネル・ドリップの創始者で、戦況が激化し、コーヒー豆の輸入が絶えるまで、この楽しむ会は続きました。戦争中は出身地の島根県に疎開し、戦後、コーヒー淹れをまた始め、魚の缶詰め工場が操業していない時、その機械を使って缶コーヒー「ミラーコーヒー」を作りました。これが世界最初の缶コーヒーです。司馬遼太郎さんに宣伝のキャッチコピーを書いていただき、売り出したものの、特許を取らないでいましたので、神戸の業者が勝手に作り始めた折からの大阪万博で大儲けするのです。

この父親を描く「三浦義武珈琲物語」なら直木賞がねらえる、直木賞が取れるまでの作品にするよう伴走したいと思い、執筆をすすめました。しかしその時、私があびせられた言葉は、今も耳に残っています。

「俺を見損なっちゃあいけねえぜ。俺は私小説なんか書くものか。作り話で人を驚かせてやらぁ」

私は、この時は詫びを言って退きましたが、「三浦義武珈琲物語」には未練があり、三浦さんに直木賞の夢を叶えていただきたいとの思いも断ち切れず、そして何より支援者の司馬遼太郎さんにいい思いをしていただきたく、二年後また懇請しました。

「またその頼みかい」と、にべもない返事でした。

私は三度目の頼みはしませんでした。三浦さんには昭和四十四（一九六九）年刊の『薔薇の眠り』から始まって、多くの著作があります。そのいずれもがミステリィー、また国際謀略小説、いわゆる冒険小説の類いです。今日、それら著作を書店で目にすることはありません。ただ一冊、手に取ることができるのは、『菜の花の賦——小説　青春の司馬さん』平成八（一九九六）年、勁文社刊のみです。これは、あの日、私を罵倒した言葉にあった「私小説」です。自分の身の上を晒《さら》し、敬愛する人への思いを語った作品なら、読者は金を払って求めて読み、人にもすすめるのです。

人間の物語、いい人の話を読みたいのです。学生の時、学校の文化祭で一部屋を使い風景スケッチ展を開きました。その会場に法学部の水田義雄先生が来られ、これらの絵を持ってわが家を訪ねてくれ、妻に見せたい、とおっしゃるのです。絵をたずさえお訪ねし、夫人にお目にかけました。私のふるさとの島根県西部の石見の絵を、とても懐かしがられました。

水田先生から、将来への抱負を尋ねられ、「小説を書くか、それを本にする仕事をしてみたい」と高校生の頃から思っていたことを口にしました。すると、水田先生は、「君が妻の父を小説にする日が来るといいね」と言って、一枚のカイゼル髭の軍人の写真を見せられました。この人が、第一次世界大戦の時、ドイツ人捕虜を収容した徳島県の板東俘虜収容所の松江豊寿所長でした。水田寿子《ひさこ》夫人は、この松江所長の末娘でした。

「自分で書ける日が来ればいいのですが、それが叶わないならば、自分が一番信頼できる人に書いてもらいます」と約束しました。十九歳の時でした。

松江さんは俘虜に寛大でした。捕われた人たちとはいえ、人間として接しました。音楽好きのドイツ人たちはオーケストラを組織しベートーベンの「第九交響曲」を演奏しました。これが日本で初の「第九」です。俘虜たちが帰国し、収容所が閉鎖されると、松江さんは島根県の浜田にある第二十一聯隊長となりました。寿子夫人は、浜田で成長しましたから、島根の風景が懐かしかったのです。

中村彰彦という作家がいて、会津藩の悲劇を書いていることに注目しました。その中村彰彦という作家は、かつて私の職場の同僚、後輩の加藤保栄君だったのです。ペンネームだったので同一人物と結びつかなかったのです。出版部では本づくりをともにしました。山崎豊子さんの『大地の子』は、加藤君が手がけた作品です。日本文学振興会での仕事をしたこともあって、津本陽さんの『深重の海』を、連載された「VIKING」からコピーをとって読み上げたのも加藤君との思い出です。その加藤君が会社勤めをやめ文筆に専念すると挨拶に来ました。私は、「今日からは、中村彰彦さんと呼びます。中村さん、私を信じてこの題材を書いてみませんか」と、松江さんのことをすべて話しました。

そして、私は「中村彰彦」の名前を入れた原稿用紙三千枚を満寿屋に注文して贈りました。この原稿用紙を使いきらないうちに、中村さんに直木賞を取っていただきたいとの願いをこめました。私もそのため努力し、いい担当者、伴走者でいようと心にしました。

会津藩の人は決して明治維新とはいわず、戊辰戦争といいます。明治維新は明治政府側の歴史観によるものです。この会津藩は賊軍といわれ辛い目にあわされました。福島を追われ青森の不毛の土地、斗南《となみ》に追いやられた時代は悲惨でした。松江さんはそういう苦しみを味わった父母の子でした。俘虜に対する寛大さは、この気持で初めて把《とら》えられると判断し、中村さんならできると思い、執筆を依頼したのです。平成六（一九九四）年、中村さんは『二つの山河』という小説にして渡してくれました。そしてそれはその年の第百十一回の直木賞を受賞しました。

一九二〇（大正九）年、一月十七日、預かっていた俘虜を送る松江さんが、皆にねぎらいの挨拶をしました。それに対して、俘虜を代表してマイスナーが答辞を述べます。そこから中村さんの小説を引用します。

〈「いよいよ、お別れの日がまいりました。かつて松江所長どのは、有縁無縁の話をされました。私たちは、あなたという人と有縁の間柄になったことを衷心から感謝しております。あなたがこれまでに示された私たちに対する寛容と、博愛と、仁慈の精神を私たちは決して忘れないでしょうし、将来、なんらかの形において、私たちは私たちよりさらに不幸な人々へあなたの精神をそそごうとするでしょう。

アレ・メンシェン・ズイント・ブリューダー、四海みな兄弟なりという言葉を、私たちはあなたを思い出すとき、心に反復するでありましょう。

最後に、所長どのはじめ皆々様に心よりありがとうございましたと申し上げ、末長い御健康を祈ります。サヨナラ！」

板東俘虜収容所が正式に閉鎖されたのは、翌二月八日のこと。この「模範収容所《ムスター・ラーガー》」が地上に存在した期間は、二年八ヵ月間であった。〉

捕虜たちから、このような礼を言われた日本人が他にあったでしょうか。私はこのような日本人がいたことを一人でも多くの人々の記憶にとどめたいと三十年思いを抱き続けてきたのです。誠実に生きた日本人の物語を世に残しておきたかったのです。美しい心に触れた感動を伝え残す、こういう思いを作家による仕事として完成する、これが編集者としての私の仕事だったのです。この物語を中村彰彦さんに書いていただくことで中村さんの人間性と考えが盛り込まれ、物語は一層内容ゆたかになりました。これを作品のために喜んでいます。そして、これで直木賞を受賞し、中村さんの作家としての暮らしは充実していきました。

小説を書くことは、有名人になるためではありません。人として生まれ、文章を書く才能と機会を与えられ、自分の生きた証を示すこと、それがその時代に共に生きた人々の生きたしるしとなるような、そういう仕事をするのが小説家、文学者だと思うのです。私がこうした自分が作家に求める姿勢を、出会った作家志望の方々に、まず話しました。

では編集者はどうか。編集者は、いま、この世の中の様子をしっかりと見て、世相に対する感想、批評の上に、新しい時代の考えを導き示すことと思います。文明批評の文化活動です。別の言い方をすれば「精神の世直し」です。今を生きる者たちを描く小説、それが自らの思いを率直に、自分自身に忠実に書くものなら、自分が生きる世の中が、このようであって欲しいとの願いも込められていきます。

そういう作品を私は求め、担当する誌上に掲げていきました。そして芥川賞・直木賞の予選通過作品となるよう努めました。このようなことを言うと、今の出版界では笑われます。

理想や思いを持たず、とにかく売れるもの、それが求められているのです。理念などない世界になってしまいました。

なお、中村彰彦さん、後には平成二十一（二〇〇九）年下半期、第百四十二回直木賞の白石一文さんのように、文藝春秋社員だった作家への授賞について、世間では「身内に甘い」という人もありますが、これは誤解で、社内選考委員会では、「身内に辛い」、厳しい審査をしています。

桜庭一樹さんの『私の男』が第百三十八回平成十九（二〇〇七）年下半期の直木賞を受賞しました。この作品は、結婚を控えた二十四歳の主人公・花と十六歳年上の養父の物語です。ただならぬ関係に陥り、罪を犯した十五年間の秘密を、時間をさかのぼりながら解き明かします。記者会見で、「どうして、こんなおぞましい物語を書くのか」と問われて、「男の子と母親、女の子と父親という異性の親子関係には、何か特別なつながりがある。それは誰の中にもあるものではないか。良識で引いた線を取っぱらった話を読者に突きつけてみたいと思いました」と答えています。文学作品には、これまで常識とされてきたもの、社会の良識とされているものに問いかけ、そう信じている人を揺さぶることがあります。たしかに、いい文学作品には、読む人に生き方を問い、さらに充実した生き方を心に芽生えさせる効果を及ぼすことがあります。

私も三十八年間の編集者生活で、そういう人々に生き方を問い直すような作品を世に送ることに一所懸命に働きました。私が作家の方と行ったのは、桜庭さんの小説とは逆で、たとえば恋愛小説の場合、「こんな素晴らしい恋愛小説を読んで、あなたの恋が、どれほどのものか、見つめ直してみませんか」というものでした。また、堂々と生きた人、清潔に生きた人の物語をつとめて世に送り出しました。「この生き方を見てあなたの生き方を見直してみませんか」というものでした。私は私の良心にそって、そういう問いかけを、作品を通して世の中にしていたのです。それは日頃、世の中の様子を観察した私の、世の中への批評だったのです。いま、世の中で失われているもの、欠けているもので、人間として必要なものを取り戻して欲しいと願ってのことでした。

また、人として読んで良かったと思えるものを大切に考えていました。読む前と読み終った時とで、自分が変わって、心も高められたような思いがするものを求めました。それは、書く方にも言えることで、書く前と書き終ってからとでは変化があり高められている小説を書いて欲しいと作家に頼みました。おおよそ『私の男』とは違います。人の好みはいろいろです。よって取り組み方も違います。私は私の好み、いや信念で、いいと思う作品を世に送ったのです。私はいささか倫理的に執筆活動を捉えているかもしれませんが、でもこれが私の姿勢です。

女性の作家の活躍はめざましく、直木賞は候補者すべて女性ということも起きました。なぜこのように女性の執筆欲が旺盛になったのか。

太平洋戦争が終って、男女同権を言われ、女性が日本の歴史始まって以来、初めてといっいい自由を手に入れました。欲望のまま突き進んでも、支障もなくなりました。都会に出て来た女性たちは端目を気にすることもありません。

そういう女性をめぐる環境は、おそらく日本の歴史で初めてのことではないでしょうか。

永井路子さんは、私が出会った日本の歴史に詳しい女性作家です。お宅に上がった時、『吾妻鏡』、鎌倉時代の八十七年間の武家の日記風記録の書物が、繰返し読まれ、韋編三絶の文字通り、とじ糸も切れた状態になっていたのを目にしたことがあります。数々の鎌倉時代の物語を書かれる永井さんには当然のことでしょうが、私は畏怖の念を抱きその書物の姿を見つめたものです。

その永井さんの話です。日本の女性で、最も過酷なのは明治の女性たち、明治になって庶民に「兵役、教育、納税」の義務が課せられました。このために働いたのは女性たち、兵役についた夫のあとを守らされたのです。それが敗戦によって変わりました。女性の自由の幅は広がり、今日の有様です。単純な言い方かもしれませんが、書く材料にこと欠かないと思うのです。

自由をもてあます女性も、たくましく世間を渡る女性もいます。そういう女性に対して怖れおののく、若い男性たちがふえています。彼らは寄り添っておとなしく生きているのです。

文藝春秋でいえば「文學界」、講談社では「群像」、新潮社では「新潮」、集英社は「すばる」、河出書房新社では「文藝」というのが文藝雑誌で、それぞれが新人賞を設けて応募原稿を受けとめています。実はこの応募原稿は若い人たちの作品が多く寄せられ、それを読むと、若者の心模様がうかがえるのです。「文學界」の後輩から聞くところですが、題材として多いのが強い女性たちを怖れ、身を寄せ合う男の子の同性愛を描くもの。次に多いのが母親と娘の葛藤。そしてその次が不倫、また不倫願望を描くものといいます。こうしてみると、やはり女性が介する題材ということがわかります。この様子だと、まだしばらく女性たちの芥川賞・直木賞が続くでしょう。

ここで、私はかつて第百四回平成二（一九九〇）年下半期の選評での大庭みな子さんの文章を思い起こすのです。

「いつの間にか女性の自己主張は当然のものとなって久しいが、今はその美意識が気になる。女性の自己主張を頷かせる新しい美的世界を築く同性作家の出現を夢みている」

これは今日にも問われているのではないでしょうか。文藝誌の若い女性筆者の作品に女性器のこまやかな描写をする下劣なものが目につくようになったのもこの頃でした。何をしてもいい、何を書いてもいい、しかし抑制があって真価を発揮すると私は思います。そこに大庭さんの言う美意識が生まれると思うのです。

女性筆者と同様に若い筆者の作品にジャーナリズムは、やはり注目されます。新人の小説は新しい時代の予感を感じます。何が新人なる所以《ゆえん》かというと、新しい表現、言葉にあると思います。それは新しい生き方の表現でもあります。そういう表現方法、言葉、手段でないと伝えられないことがあるからです。

誰もが何となく感じていながら、言葉として、または文章表現されていなかったものを、新しい感性を持った人が書き表して見せてくれる。芥川賞ではそのような受賞作と出会うことができます。

たとえば平成十五（二〇〇三）年下半期第百三十回の芥川賞を例にします。日頃、見かける若者が、せっかくの容姿を、奇妙な物を鼻にぶら下げたり耳朶に取り付けたりする異様な風態に変えた若者たちが目につくようになりました。そういう者たちの日々の様子を書き表したのが金原ひとみさんの『蛇にピアス』でした。これを読むと、あの者たちの暮らし方、生き方の一端がつかめたような気がしました。もうひとつの受賞作である綿矢りささんの『蹴りたい背中』も、以前の男の子は、ある年頃となると性に目ざめ、年相応に異性へ関心を寄せ、いろいろ妄想し、悩んだものですが、近頃の男の子は、女の子の傍にいても、手も握らない、激しい衝動も起こさない。適当な関係でガールフレンドを持ちながら、その女の子の胸の内を感じ取れない。そして、こともあろうにアイドル歌手の追っかけをしている。その男の子の傍にいる同じ年頃の女の子はどのように男の子を見て、思っているか。そういう心模様を書いていました。世に言う若者のセックスレスの様子もわかろうというものです。

さらに前の例でいうと、村上龍さんの『限りなく透明に近いブルー』、第七十五回昭和五十一（一九七六）年上半期芥川賞作品は、一見平和らしい世の中で、麻薬などにおぼれて漂うように生きる今日の若者の心情を描き出していました。

その前の例としては第三十四回昭和三十（一九五五）年下半期芥川賞、石原慎太郎さんの『太陽の季節』が例に上がるでしょう。既成の道徳に反抗し、エネルギーを発散させる青年たちを描きました。それぞれが周囲で見かける若者たちを、どう捉えたらいいのだろうと思っていた人たちには、作品を読んでおそらく「書かれている通りだ」と感じられたことと思います。ある意味で、敏感な感性が、捉えた時代の感覚、そして予感。普通の人たちよりもちょっと先を感じてしまうがゆえに苦しんだ結果の産物かと思います。そういうものが芥川賞作品には多いのです。

直木賞でも同じことがいえて、現代ものには世間の新しい世相風俗が取り込まれています。読むうちに、「私の勤務先にも、このような女性がいる」と思えて、昨日まで不可解だったその人のことが納得できるのではないでしょうか。このように、いい小説には、その時代の人々の生き方を文章にして見せてくれるようなところがあるのです。

このことで忘れられない選考委員会の発言があります。第八十八回昭和五十七（一九八二）年下半期芥川賞は加藤幸子さんの『夢の壁』と唐十郎さんの『佐川君からの手紙』でした。この『佐川君からの手紙』が討議の対象となった時、選考委員の安岡章太郎さんが「作家なら、このような人物に関心を持たない者はいない。これは俺も書きたかったんだ」ともらされました。先をやられたという感想です。これが新人の新人たる所以《ゆえん》です。既成作家が関心を抱きながらも扱いかねている問題を大胆にやってのけて読ませてくれるのです。これが注目されないはずはありません。

小説は題材が勝負です。八、九割がこれで決まり、手法、技法はそのあとです。そもそも大ベテランの委員たちが感心する手法、技法を持った新人など、めったに出るものではありません。

それにしても、今の若い人から発せられる言葉は気になります。「むかつく」「いらつく」。

気分の上での不満ばかりです。ことごとく感覚的で、意識や観念をあらわす言葉がないのです。そして、ただ発するだけで、「なぜ?」「どうして?」という問いかけもしません。これは今日の若い作家たちにもいえそうです。現実社会への働きかけがきわめて希薄です。かつて外に向っていた若者のエネルギーなどありません。

若い人と話していて知るのは、不満はあるが不自由と思ったことがないということです。先ほど例に上げた綿矢りささんの記者会見でも「不自由と思ったことはない」と口にしていました。このような若者の発言は、そもそも本当の「自由」「不自由」を知らないからでしょう。そういう見えざる囲いの中に入れられた者たちにとって、最も切実な関心は、外の現実ではなく、内なる想念や思い、気分だけになるのではないでしょうか。現実にさらされない、鍛えられたことがない、そういう気分の中にいる人たちにとっては、世間などはあってない、夢のような絵空事としてしか思えないのではないかと思います。そういう中で書かれている小説、その傾向を顕著に表す芥川賞作品が、果たして読んで感動するものになるか。私は悲観しているのです。

日本の近代文学は、ひたすら主人公の内面の葛藤を描いてきました。こまやかな心理を記すことに重きがおかれていました。今日、それが進んで「気分を書く小説」になりました。今日の若い人の作品、芥川賞受賞作品も精神障害の例症を読むような思いがするのは、私だけでしょうか。人と交れない、精神的疾患を描く小説を買ってまで読もうとしないのは当然です。主人公が行動し、もっと人と交わり、「あらすじ」が話せるような、「ものがたり」を私は言いたいのです。

若い人にばかり目を向けるからそういう不満を書くことになるのでしょう。作家には、いろいろな年齢の方がいます。しかし、ジャーナリズムでは若い方にばかりを相手にして、人生の充実を体験している人に発表の場を与えようとしません。実のところ、本を読み、活字文化を支えているのは年配の方々です。この年齢の方々が読んで納得するような小説がどうして出てこないのでしょう。小説は人の世の世態人情を描くものです。いま中後年の恋愛はテーマのひとつだと思います。また、その後の孤独も描くにふさわしい百歳人生のこの時代のテーマでしょう。

若づくりのジャーナリズムに多く人が辟易しています。私はかつて担当した「文藝春秋臨時増刊」で、このところを意識にとめて特集を編んできました。この時の私は「今の自分に忠実な編集をしよう」ということでした。私が知りたい、私が知っておきたいことをテーマに取り上げたのでした。

歳《よわい》六十の編集者の私が読みたいものを載せる、私の編集では「見る雑誌」でなく「読む雑誌」を心がけて作りましたが、いずれこれに小説をおさめる予定でした。しかし、その希望を遂げることなく退職を余儀なくされたのでした。しかし私は、この領域に可能性を感じているのです。

作家というどこにも属さないで、自由人として堂々と世の中に向い、言うべきは言い、書くべきは書く、そして、世の中の問題点を小説という誰にもわかる話にして、いろいろな楽しみも盛り込んで工夫をこらして世に送り出す。本来あるべき作家精神が、今頃すっかりうかがえなくなりました。

たしかに現実は大きく複雑で、問題のありかも深く高度の専門的な知識や調査がないと扱えません。しかし、いつの時代でも、困難さは同じです。するかしないかの違いだと私は思います。以前の作家はやって、いまの若い作家はやらないのです。彼らは違うことをしている、というでしょうが、それだけ時間と根気と調査と、そして堂々と世の中の問題に立ち向う、世の中の不正に立ち向う勇気がないのではないか。

山崎豊子さんの作品と、その姿勢を改めて見直したいと思います。巨大組織の不正に立ち向い、そこでの人間の愛憎を書きました。戦争をめぐり、「戦争孤児たちは、大人たちの侵略の罪業を幼い背中に背負わされた日中戦争最大の犠牲者」との思いから、政治家も行政も手を差しのべようとしないところへ出向き、その苦しみを今も背負う人たちを書きました。

そして、戦争の悲惨さと人間愛、戦火の中でも消えることのなかった恩愛を描きました。それが人の心をうったのです。『大地の子』は、そういう作品でした。

日本は近代国家になるため西欧の文物を取り入れ、学びました。しかし、それは知にかたよりすぎてはいなかったか。本来、知は徳とともにあったはずですが、いつの間にか、知と徳が離れていき、多くのところで問題を引き起こしています。近代日本文学は、百数十年かけて西欧の文学に学び、吸収して、手法では習熟したかと思います。しかし、そのために忘れてしまったもののあることに、私は気づくのです。文学が、かつてはその要素を持っていたように、いまいちど世の平和とか、人の生き方、幸せを問うところから考え直さなければと、私は思うのです。

四、一夜にして有名人となり、人生が変わる

私が芥川賞・直木賞を主催する財団法人（現在は公益法人）日本文学振興会の理事となり事務局長を兼務となったのは、平成八（一九九六）年七月に選考会が行なわれた第百十五回からです。それを同十三（二〇〇一）年一月に選考会が開かれた第百二十四回までつとめました。

百十五回の芥川賞は川上弘美さん、直木賞は乃南アサさん。百十六回の芥川賞は辻仁成《ひとなり》さんと柳美里《ユウミリ》さん。直木賞は坂東眞砂子さん。第百十七回の芥川賞は、目取真俊さん。直木賞は浅田次郎さんと篠田節子さんと続きました。第百十八回は両賞ともなしに終りました。第百十九回の芥川賞は花村萬月さんと藤沢周さん。直木賞は車谷長吉さん。第百二十回は平野啓一郎さん。直木賞は宮部みゆきさん。第百二十一回は、芥川賞はなしで、直木賞は桐野夏生さんと佐藤賢一さんでした。第百二十二回の芥川賞は玄月さん、藤野千夜《ちや》さん。直木賞はなかにし礼さん。第百二十三回芥川賞は町田康さん、松浦寿輝《ひさき》さん。直木賞は金城一紀《かずき》さんと船戸与一さん。第百二十四回の芥川賞は青来有一さんと堀江敏幸さん。直木賞は重松清さ

んと山本文緒さんの受賞でした。

両賞合わせて二十六名。うち男性十八名、女性八名。ただし、ほどなくして男性十七名、女性九名にかわります。第百二十二回の芥川賞を受賞した藤野千夜さんが性同一障害のため、それまでの男性から女性への転換手術を受けられたからです。それでも、まだまだ男性の受賞者が六割強で、今日の女性作家の勢いではありません。

おおよそ直木賞の受賞者の決定が早く、たとえ二人の受賞でも、芥川賞の決定までには連絡時間はありました。結論が出たところで、私が、「これから当人に連絡してお受けいただけるか、確認します」と申し上げ会場を離れます。

新喜楽では様々な会議が行なわれます。帳場とは半間の畳敷きの通路を挟み、三方が塞がれ外に声がもれない部屋があります。座卓の上に電話器が一台置いてあります。この部屋を新喜楽の蒲田良三さんが使わせてくださり、私は周囲を気にすることなく電話がかけられました。

本当にこれからかける電話番号が受賞者の連絡先であるか、決定は間違いないだろうな、と幾度か自問自答して電話をかけました。

「日本文学振興会の高橋ですが、＊＊さんでいらっしゃいますね。ただいま選考がありまして、直木賞授賞と決まりました。お受けいただけますか」と尋ねます。

桐野夏生さんのように原稿を書いておられる静かな所への電話連絡ができるのは稀で、途中から決定の宵をともに過ごしている方へ合図を送られるのか、電話は全く話が聞き取れなくなり、代って「万才！」と歓声が届きます。肝心の「お受けします」の言葉を聞かねばならない、こちらも声を張り上げて、それを確かめることとなります。そして東京會舘の記者会見場での時間を伝えて電話を切り、二人あるときは次の番号に電話をかけます。

「受賞します」との言葉を聞いて、選考会場に戻り「受賞していただけます」と選考委員に伝えて、委員の方々が「良かった」と安堵される一瞬が何とも心地よいのです。

選考委員の中で、受賞作品を積極的に推された委員にお願いして、事務局をつとめる社員が待機している部屋に行き、受賞決定の作品名、筆者名を紙に書いて記者会見の開始を待ちます。

あらかじめ貼り出されていた選考会の概要を伝える紙の側に、受賞作、受賞者名を記した紙を貼って委員による選考過程発表と記者たちによる質疑応答が始まります。委員の側には、陪席して会場での発言など克明にノートにとっていた者が同席し、時に発言の内容の確かめに応じたりするのです。

私は急ぎ結論が出ていない芥川賞の選考会に向い、最終段階の選考に立ち会います。選考委員会の両賞に出入り出来るのは、事務局長の私のみです。時に、「これまでの選考で、このような例があったかな」などと、私が会場に入ったとわかって質問を受けたことがありました。いつの頃からか誰よりも長く両賞にたずさわり、選考会を経験し、日本文学振興会のこれまでの資料を読んでいる唯一の者でしたから、頼りにされることもあったのです。

芥川賞の方も決定が出ると、先の直木賞の時と同様に新喜楽の一階の四畳半に入り、電話器に向います。今日では携帯電話が普及し、連絡方法は便利な手段がありますが、当時、それはありません。いつの頃からか、ここを「電話室」といわれていることを知りました。料亭でこういう部屋があるのはめずらしい。新喜楽が「二大料亭」、「三大料亭」といわれる所以《ゆえん》です。電話は固定で回線が引かれていて、帳場の電話交換機を使わず、直接、外線へ掛けられました。これは何よりで、秘密電話としても使えます。「新喜楽ではそれまで三人の総理が誕生した」と蒲田良三さんに教わりました。蒲田さんとは長年の付き合いでしたから、「その三人の方とは、どなたでしょう」と尋ねたのですが、「それはちょっと」と、断られました。料亭の信条は口が堅い、秘密が守られるということです。

いろいろなところへ決定のお知らせを差上げる経験をしました。

私が芥川賞の該当作品を担当したのは、阪田寛夫さんの『土の器』が最初です。第七十二回昭和四十九（一九七四）年下半期の選考委員会は、昭和五十（一九七五）年一月十六日午後六時から新喜楽で行なわれました。この日、阪田さんは東横劇場での演劇を観て、劇評を書く約束をしていました。通知があるからといって、自宅に戻るわけにはいかない。そこで、私の発案で、決定したら受賞は受けることにする。お知らせと、その後の連絡のためにあらかじめ座席番号を高橋が聞いていて、劇場受付に電話を入れ「高橋に直接電話をするように」と伝言していただく、ということにしました。このような連絡方法だから、時間がかかります。本来、事務局がする連絡ですが、手順通りしていたのでは捗《はかど》らない、ということで当人への決定通知は、私が差上げることになったのです。受付の方が席にあらわれることがなかったら、観劇を続ける。呼び出しの連絡があったら、劇を観るのはそこまでとする、ということとです。このようなことができたのも、阪田さんが劇評を引き受けられると、必ず二回観て書かれるからです。

「おめでとうございます。記者会見場の新橋の第一ホテルの新館ロビーにお越しください。入口でお待ちしています」

私はそれだけ言うと電話を切り、新橋の第一ホテルに向いました。あとでうかがった話ですが、阪田さんは留守宅と兄事している作家庄野潤三さんのお宅に電話して、芥川賞のことを伝えました。阪田さんは庄野家のみなさんと親しく交っていました。庄野家のみなさんにとっても朗報でした。

「電話器を通して、ご一家の『万才三唱』を聴かせていただきました」

ほほえましい、電話にまつわる、このようないい話は後にも先にも私は知りません。

文藝春秋の人事異動は短い年月で繰返され、私は「文學界」編集部から出版局に移りました。そこに井上靖さんの次男、井上卓也さんが、「勤め先の電通で最も才能のある同僚が小説を書いた。ぜひ読んで欲しい」と紹介され、風呂敷に包まれた五百枚ほどの原稿を読みました。しかし、これは、小説の体をなすものではありませんでした。とはいうもの、その中に三つ原石のようなものがあって、私はそれを取り出して、三つの物語に展開することを提案しました。

「これで単行本になりませんか。本にならないようでしたら戻してください」

風呂敷包みを戻して、二カ月近く経った頃でした。「もう一度、会ってほしい」と私を訪ねて見えたのです。

「これから三つの作品を作る方法を教えてください」

これが新井満さんの芥川賞への始まりとなるのです。

風呂敷包みの中は、そのままで、めくって読まれたあとはありません。というのは、メモを記した紙片を挟んだまま、新井さんに返却していたことを、後で気づいたのです。気になっていたので、その紙片をさがしました。記憶していた個所に、それは収まっていました。具体的に「これ」「これ」「これ」と上げて、それぞれ百枚から百五十枚までに書いてみては、とすすめました。必ず物語、すなわち筋がある話を作り、広く多くの方に、特に大人に読んでもらえるものにすること、などなど、注文したのです。

ものの三週間も経たぬうち、そのうちの一篇『サンセット・ビーチホテル』が届きました。手入れを求め、それを三度ばかり繰返して一応の、姿形になったところで、「文學界」の編集長の湯川豊先輩に照会しました。

「一清《いっせい》がいいと言うなら、載せるよ」と快い返事をくれました。

これが第九十五回の芥川賞候補となりました。しかし、この回は受賞作なしでした。次の作品は『苺』。これも手入れを繰返して、「文學界」に掲載され、第九十六回の候補となりました。この回も「受賞作なし」。これは新井満さんのプライドを傷つけられることなく、受賞者になれないものの、気持のおさまりはついたと思われます。そして第三作は『ヴェクサシオン』。これはエリック・サティーが作曲した曲名と同じ題名です。この時、第九十七回昭和六十二（一九八七）年上半期の受賞者は村田喜代子さんで『鍋の中』が該当作でした。

この時は、新井さんはいささかこたえたようです。優劣を決められ、自分の作品が劣るということを受けとめさせられたわけです。

第百回の芥川賞・直木賞の受賞式と懇親パーティー会場で、九州、福岡県の中間市から上京した村田喜代子さんに、やはり出席していた新井満さんを紹介しました。そして、帰途に喫茶店に寄りました。この時の新井さんの、居心地の悪そうな様子が今も記憶に残ります。同じ受賞作家となっていながら、あの日、先を越された気持は、当人でないとわからないものだと思います。それを察しながら、その場に居合わせる編集者も、決していい気持ではありません。

負けん気を持つことは、やはり自らを奮い立たせる必要条件だと思います。人より抜きん出た、仕事をする人には必ずそれはあります。新井満さんが勤める電通で、来たる二十一世紀にふさわしい社歌を作ろうと、社員に募集案内がありました。作曲は加藤和彦、あのザ＝フォーク＝クルセダーズ「帰ってきたヨッパライ」の作曲で知られる音楽家です。新井満さんは、ひそかに「やってやろうじゃないか」と自分に言いきかせたと言います。

毎朝、始業前に、電通社員は社歌を歌うのだそうです。その時に他の者が作った歌を歌わされるなど、これほど屈辱的なことはない、ということで作詞して応募しました。そして当選作となりました。初代の社歌は昭和五年制定「打てば響く」です。北原白秋作詞、山田耕筰作曲。二代目は「目あり　耳あり」昭和三十五年制定。第三代が新井満さんの作詞「虹をかける者よ」。昭和六十二年制定されました。一節、引用します。「遙かな空に　虹をかける

者よ　まなざし高く　さきがける力よ……」。これを毎朝全社員が歌うのです。新井さんがしたことは、功名心に駆られたことのように思われるかもしれませんが、そういうひたむきさ、一所懸命をあざわらう風潮、これが平成にはびこっていたと思います。

実は、村田喜代子さん、新井満さんの出版を担当するのは私でした。しかし新井満さんの『ヴェクサシオン』は、芥川賞受賞に値する領域にまで、手入れして仕上げていただいたものです。心中ひそかに『鍋の中』『ヴェクサシオン』両方が受賞作となるかな、と思っていたものでした。

『ヴェクサシオン』は力作で、私は上司にかけ合って、これを単行本にする準備にかかっていました。芥川賞を受賞したら、工程を早めて「芥川賞受賞作」として発売できるよう、残念ながら受賞に至らなかったら「注目の新人」の作品ということで発行の意味はあると上司を説得したのです。結果は村田さんの『鍋の中』を「芥川賞受賞作」として急遽単行本を作ることとなりました。新井さんの第一作品集『ヴェクサシオン』も、追って刊行されました。

話をもとに戻します。新井満さんは続けて三回芥川賞の候補になり、それなりの評価をいただけるようになりました。私はここで「一回休みにしましょう。その間、私は『ヴェクサシオン』の本づくりをしています。新井さんはちょっと休んで気持の整理をして、新たな作品を書いてください」と提案しました。そしてそれに応えて新井さんが書いたのが『尋ね人の時間』です。これで第九十九回昭和六十三（一九八八）年上半期の芥川賞を受賞します。

この受賞の知らせを指定した所へ電話しても新井さんはいない、店の方も知らないうちに、姿が見えなくなったとのことでした。

日本文学振興会の事務局長は私に、「つかまらないんだ、何か方法はないか」とのことです。「発表しなければならないでしょう、私が必ず受賞と言ってもらえるようにしますから、決定発表をしてください」と言いました。

新井さんはこれまで、待つことの辛さを経験してきました。それをまた経験しなければならないと思うと耐え難く、約束の場所を飛び出したのでした。紀子夫人と電話で、もし「受けない」など言うことがあったら二人で説得しましょう、と申し合わせました。その頃、新井さんは山の手線に乗っていました。走りながら、時を過ごし結果を待ちました。有楽町で降りて、読売ホール下の壁面にある電光ニュースを見たら、「芥川賞受賞　新井満」とあるのを見て、家に電話したというのです。紀子夫人の説明で「一清《いっせい》さんが東京會舘の記者会見場で待っておられる。すぐ行って」と指示してくださったのです。

新井さんは森敦さんに師事していました。森さんも『月山』を早朝の山の手線に乗り、画板を机代わりに原稿書きしたといいます。新井さんもそれを真似《まね》ていたようです。あれもこれも携帯電話などない時代のことです。

新井さんが一度原稿を預けていながら単行本にならないと知ると、引き取って二カ月ほどして、改めて改作の方法をうかがいに見えたと書きました。後で教えられましたが、この間、他の出版社に持ち込み、検討していただいたとのことでした。五十日、六十日経っても音沙汰がないので引き取りに行ったということでした。出版社に原稿を預けると、おおよそこのようなことになるのです。私は預かる限りは手を尽くして応えることを信条としていましたが、一行も読まれないで棚に上げられている原稿は出版社ではめずらしいことではないのです。

ちなみに、新井満さんの『ヴェクサシオン』について、この作品は野間文芸新人賞を受けましたが、この年の野間文芸賞は森敦さんの『われ逝くもののごとく』でした。

新井さんのように頼ってくださる方の原稿は、頼られるのも嬉しく読ませていただきました。新井さんに続く第百回昭和六十三（一九八八）年下半期芥川賞の南木佳士さんは、久しぶりに書いた小説『ダイヤモンドダスト』を読んでほしいと送ってこられ、何度かの手入れの後で私が預り、「文學界」編集部に持ち込みました。その頃の編集長の雨宮秀樹先輩が、「一清《いっせい》君がいいと思った小説なら」と快く受けとめてくれた時は、この作品の幸運が約束されれた思いを抱いたものです。また、第百一回平成元（一九八九）年上半期直木賞の笹倉明さんの『遠い国からの殺人者』は、恩師の暉峻康隆さんが早稲田大学文学部に創設した文芸科の学生として紹介されたのが縁でした。一度で直木賞を受賞というのは、そうそうあるものではありません。私は「別冊文藝春秋」の編集を担当した時、幾作か掲載しましたが、これからさらにというところで筆を断ち、タイにわたり僧侶となりました。

芝木好子さんの『隅田川暮色』の装画をいただいた江見絹子さんに、中上健次さんの『火まつり』でも装画を依頼しました。作品をいただきに上がった日、フランス留学から帰った娘の荻野アンナさんに久しぶりにお目にかかりました。この時、私が届け、母親の机の上にあった『火まつり』のゲラを読み、抱いた感想を聞かせてくださったのです。それが興味深く、そのまま原稿に書いていただき、「文學界」編集部に持ち込みました。次にアンナさんが書いたのは坂口安吾論で、これも「文學界」に掲載されました。それ以後、「他人のことを書かず、自分のことを書きましょう」と、小説へと導きました。

アンナさんの父親は、フランス系アメリカ人の元船員。アンナさんはフランス語、英語はもとより、ラテン語が読み書きでき、他に幾つかのヨーロッパの言語が使え、その思考も自由闊達で柔軟です。実はヨーロッパで評価を得たラブレー研究家だったのです。私は、日本の小説が、変わって行く予感がしました。学識では遠く及ばない私ですが、頼りにされ読ませていただけることが嬉しく、次々と原稿を読み、それは続けて芥川賞の候補となりました。第百一回は『うちのお母がお茶を飲む』、第百二回は『ドアを閉めるな』、第百三回は『スペインの城』、そして一回休みを入れて、第百五回平成三（一九九一）年上半期、『背負い水』で受賞となりました。選考会で「『背水の陣』と来たか」と、微苦笑しながらおっしゃった吉行淳之介さんの言葉が、今も耳に残ります。この題名のつけ方もアンナさんらしいのです。私はアンナさんに才能を感じました。受賞後、「週刊朝日」の人物紹介記事を書く、ジャーナリストの多賀幹子さんのインタビューを受けた時、「まるで言葉が乱反射するようです」と口にしたところ、それを面白がって記述されていました。アメリカやヨーロッパでの暮らしのある多賀さんには、気に入っていただいた表現だったようです。

宮尾登美子さんが『一絃の琴』で第八十回昭和五十三（一九七八）年下半期の直木賞を受賞した時「この朗報を受けるため、着物を新調しました」と記者会見で、いきなり口にされました。和服で記者会見に臨んだのは、宮尾さんのほかに第百二回平成元（一九八九）年下半期に『ネコババのいる町で』で芥川賞を受賞した瀧澤美恵子さん、直木賞では、第百三十回平成十五（二〇〇三）年下半期の『後巷説百物語《のちのこうせつひゃくものがたり》』の京極夏彦さん、第百三十七回平成十九（二〇〇七）年上半期の『吉原手引草《てびきぐさ》』の松井今朝子《けさこ》さんの三方です。

一方、贈呈式の和装はめずらしくはありません。男性の紋付羽織袴はまた格別です。第百三回平成二（一九九〇）年上半期直木賞『蔭桔梗』の泡坂妻夫さんは紋描き職人として当然として、第百十一回平成六（一九九四）年上半期直木賞『帰郷』の海老沢泰久さんは、國學院大學の恩師岡野弘彦さんが、日ごろ愛用されているものを身につけての出席でした。

話をもとに戻します。授賞の知らせを差上げた方のうち、第百十九回平成十（一九九八）年上半期の直木賞、車谷長吉さんへの連絡には、用心して臨みました。作品『赤目四十八瀧心中未遂』は、「文學界」に連載された作品です。長篇であることで芥川賞にかけるわけにはいかないけれど、これは物語性もあり直木賞で十分に検討できる作品と私は思い、知り合いでもあったことをいいことに、「直木賞でと思うけどいいでしょうか」と確かめたものでした。「かまわない。一清《いっせい》さんにまかせる」と車谷さんはおっしゃったものの、それまで芥川賞の候補となり、いわゆる純文学作家と言われていた方です。最後のところで、やはりこだわり直木賞は受けない、と言われるかも知れないと思っていたからです。とにかく、さまざまな奇行で知られ、一般の人の感覚では対応できないのです。また少し前に伊藤整賞を断っていたことがあったからです。

車谷さんと知り合いと書きましたが、私は昭和四十七（一九七二）年、文藝誌「新潮」に載った作品を読み、その頃の若い作家にはない文章に熱気を感じ、当時、文藝春秋校閲部にいた岡本進君が仲立ちになって、会いました。作品を求めたものの、次々と注文をこなす人ではありません。書きあぐね、ついにはすべてを投げ捨てました。東京での生活も破綻して兵庫県の生家に帰りますが、「下足番にでも何でもなりな」と、母親に叱られ家に入れてもらえませんでした。

以来、車谷さんは料理屋の下働きをして住所不定の八年間を過ごすことになりました。私は生家へ手紙を出したり、いろいろ手を尽くして車谷さんをさがしあて、神戸三宮に会いに行きました。鳥打ち帽子に下駄履きであらわれた車谷さんは、頬はこけ目は虚ろで、この世の人とは思えませんでした。この人を死なせてはならないと思い、「あなたは、書くことで生きていける」と繰返し口にしました。「コーヒー一杯で、四時間も五時間も、俺に説教をたれた奴がいる」と、後で笑いの種にされましたが、私は一所懸命でした。

それに応えたとは言いませんが、奮い立ち原稿用紙に向う日がありました。生きている証にと、「新潮」に送られた作品が掲載され、それは芥川賞の候補になりました。そして、待ちに待った私にも作品を渡してくださいました。

九年後に車谷さんは再び上京しました。私と同じように関西に励ましに行った「新潮」編集長のもとで再起をはかります。そのとき「遺言」を書いて小説執筆に臨みました。著書『物狂いほしけれ』に、その「遺言」が掲げられています。

〈一、葬式、墓、死後の法要、法事は一切無用。

一、遺体は焼却して、遺骨、遺灰はごみとして捨てて欲しい。
一、私の書いて来た小説、その他の文章が数篇あるが、それは私の死後、絶対に上板（出版）しないでいただきたい。〉
一作一作、これが最後、すべてを書く、という覚悟です。これほどの思いをしている車谷さんへの直木賞授賞の知らせです。

私が電話をかけたとき、車谷さんは手洗いに入っていました。「あ、高橋さんですか」と、順子夫人は声を上げられました。手洗いの車谷さんに聞こえるように、大きな声をされた、と後に書いておられる文章があります。『夫・車谷長吉』は、この時の私の言葉も順子夫人は正直に書きとめています。受賞決定通知を差上げた時の様子は、運命の転換点とあって、多くの方が文章に綴っていますが、その時ほとんど事実とかけ離れたものになっています。それはことごとく私を道化に仕立てています。作家が書かれるものはまだしも、対談などで、面白おかしく問い出して笑い飛ばす者などは、人間の卑しさを教えられ、その品性のなさを感じます。人の懸命につとめる姿を嘲ったり茶化したりするのは、下劣です。閑話休題。

「いい知らせだから、どうぞごゆっくり」

我れながら、もう少しましな言葉はなかったものかと思いますが、待つことしばし。車谷さんから「直木賞、受けます」とうかがえた時、出会ってからの四半世紀のあれこれが走馬灯のように甦ってくるのでした。感慨に耽る間はありません。芥川賞の選考会場へ行き、その後、記者会見に立ち合わねばなりません。

直木賞の第一回目の受賞者の川口松太郎さんが「別冊文藝春秋」第百七十号の「芥川賞・直木賞五十周年記念特集」に『直木賞前後』を書いています。賞の性格、また選考事情もうかがえる文章です。また、当時の文藝春秋の社長で、この両賞を創設した菊池寛の受賞者への思いのほども伝わってくる文章になっていますから、引用紹介します。

〈芥川賞と直木賞の発表があった時、第一回の受賞者になりたいと思った。私の作品が直木賞候補になったと判ったからである。判らなければそんな気にもならないだろうが候補になったと聞くと落付かなくなって急に欲しくなった。その頃の私は鎌倉二階堂の久米正雄邸の近くに住んでいた。久米さんも直木賞の選考委員なので、久米さんに聞いて見た。

「直木賞の候補に上っていると聞いて落付かないんですが見込みあるでしょうか」

と卒直に聞いた。久米さんはニヤニヤ笑って

「見込みはある、相当いいところへ入っている」

というだけではっきりしない。この賞を制定したのは菊池寛師なので菊池師が選考委員長の感じだ。落付かない私は東京へ出て、その当時の大阪ビルにあった文藝春秋社の社長

室へ行き菊地師にじか談判した。

「直木賞欲しいんです、僕に下さい」

「駄目だ、君は委員たちに憎まれている」

「どうしてです、憎まれるような事はしていません」

「何となく生意気なんだ、だから駄目だ」

「作品じゃないんですか、人間なんですか」

「両方だ、両方とも駄目だ」

ケンもホロロで相手にならない。菊池師は物ごとを大袈裟にいうくせがあるので幾分の割引をして聞いたところで入賞の見込みはなさそうだ。がっかりして鎌倉へ帰った。（略）

何としても第一回の直木賞が欲しかった。鶴八鶴次郎や風流深川唄を書いて間もない頃だし、年表を見ると昭和十年だから私が三十四の時だ。若い盛りだし売り出したばかりの新人だったからどうしても直木賞が欲しい、然し久米さんははっきりしないし菊池師には駄目だといわれてしまったし、もう取りつくしまもなく半ばあきらめてしまった。ところが何と、第一回の直木賞は私にきまったという。初めは信じられなくって久米さんのところへ飛んで行くと
「きまったよ、よかったな」

といって下さる。

「本当ですか」

「本当だ、君はもう人気作家になっている、今更賞をやる必要はないという意見の多かったのを菊池が斯ういったんだ、川口は作家になっているがまだ三流だ、彼に賞を与えれば一流になれる、その意味で彼に与えたい」

「そういって下すったんですか」

「流石は菊池でいいところを見ている、その一言に委員たちも賛成してきまったんだよ」

私は涙が出た。菊池師へたのみに行った時には駄目だ駄目だとケンもホロロだったが、その実は反対を押えて私に決めて下さった。三流から一流になれるとまでいって下さったらしい、私を憎らしいといった委員も菊池師の一言に賛成票を投じて下すった。菊池師はそういう人なのだ、私は嬉しくって嬉しくって早くも一流の作家になれたような気になって文春社へ飛んで行きお礼をいった。菊池師はニヤニヤ笑いながら
「受賞しても賞金はやらないよ、賞を貰えばいいので賞金が目的ではないだろう」

「でも頂ければ嬉しいです」

「いやいやらない、原稿料収入も多いし、一代女や鶴八は芝居でも大当りしているじゃないか、金はやらない」

「芥川賞の石川達三にもやらないんですか」

「あれは無名の新人だ、やるよ」

「芥川賞だけやって直木賞にくれないのは不公平じゃありませんか」

「生意気いうな、直木賞取消すぞ」

菊池師は私をからかっているのだ、その当時の賞金がいくらであったか忘れてしまったが数寄屋橋の松田ビルの屋上にあったニューグランドのレストランで御馳走になった記憶が残っている。菊池師と副社長だった佐佐木茂索と芥川賞の石川達三と四人だった。石川とはこの時が初対面だったが物堅そうな青年で一癖ありげな面魂は私のような意気地なしとは違う強さが感じられた。（略）私をからかった菊池師も
「賞金はやる、その代り今まで世話になった人たちを呼んで御馳走しろ」

といわれた。いわれた通りに友人知己数十名をレストランのアラスカに招いてお礼をいった。〉

賞金は五百円でした。二人それぞれに渡されました。いろいろな換算方法がありますが、私の調べでは、今日の金額で、五百万円相当です。

そういう賞金を得て、そして単行本として出版されて、それが大きい金額の印税をもたら

して、作家の経済状態が変わり、それは生活も変えていきます。

車谷さんの受賞直後の様子をうかがったことがあります。やはり有名人の知り合いであることを誇らしく思う人はいるもので、こういう人は周囲の者に聞かせたいのか電話されるのです。車谷さんに電話をかけます。「おれとお前は親友だったよな」と言う相手に、車谷さんは嘘がつけないので、「親友だったことはない」と言い返すのです。

車谷夫妻と親しい詩人の新藤涼子さんが順子夫人に、「あんた、詩なんか書いている場合じゃないよ。早く家を買う算段をしなさい」とすすめます。「家でも買わないと、必要経費を計上できないからだ」というのです。これまでにない金額が印税として振込まれてきます。この節税対策をしなければならないのです。

二人の物件さがしをする様子が、先の『夫・車谷長吉』に紹介されています。「千駄木四丁目の空家、6K三千万円」「千駄木五丁目の空家三七三〇万円」。見に行ったところ「坪庭があって洒落た造りだったが、地代が月三万円、ビワの木があって、あの木が気に入らないから止めようと言う」と書かれています。「向丘8DKで二八〇〇万円の家が売りに出されたという。いかがわしい物件のようだが、暮れにはそんなどさくさまぎれのこともあるという」

少し落ち着いた頃、ぜひ、順子夫人の手料理を食べていただきたいと招かれました。細い道をいくつも曲り、路地を抜けて、車なども寄せられない所にある借家に車谷さんは住んでいました。学生か単身の勤め人でも置けるような四畳半の部屋が二階にあって、夫妻はそれぞれに書斎として使っていました。この家が住み慣れているので、大家さんに譲ってもらえないか、頼んでみたが不調に終ったとのことでした。車谷さんは庭に紅葉の木があり枝ぶりが気に入っていたが、順子夫人は、それが不穏に感じられるのです。車谷さんには、「死」がいつも付きまとっているのを私は感じていましたが、夫人はなおさら、それを感じ取っていたのでした。紐をかけるのに都合のいい枝は、見たくないのです。

この宵、家のことは話題にしないで、「これを見てくれ」とひとつのぐい呑みを渡されました。先ごろ亡くなった白州正子さんの話になって「白州さんも欲しがっていたもの」というのです。私には骨董の趣味も、鑑賞の楽しみもありませんが、それを手にした車谷さんの恍惚とした表情は、今も忘れることはありません。

家の買い物は、結局どうなったか、車谷さんの買い物は、それ相応の値のする「ぐい呑み」ひとつだったように思います。その後も、住所の変更はありませんでした。

家を建てた作家では、三好京三さんを記憶しています。長年つとめた教職も辞《や》めて、退職金と『子育てごっこ』の印税収入を合わせると相当な金額となりましたから、大層な家が岩手県前沢の町の一角に建ちました。代々稲作をしていた水田を埋めて建てられ、東北線の車窓からも目に入りました。人は「直木賞御殿」と言っていました。平成十九（二〇〇七）年五月に亡くなり、京子夫人が暮らしておられましたが、今は住む人が変わりました。

『子育てごっこ』は山の分校で、男先生は年長、女先生は年少の学年を担当する教師夫妻の物語です。昭和五十（一九七五）年の第四十一回「文學界」新人賞の受賞作です。その続編を「別册文藝春秋」に掲げ、それを合わせて作った単行本『子育てごっこ』が、第七十六回昭和五十一（一九七六）年下半期直木賞を受賞しました。自由教育を標榜する作家きだみのるが知り合った女性に生ませた娘を自動車に乗せ、日本各地を放浪する。教育を受けたことのない自然児、野生児を見るに見かね引き取り、育て、躾け、教育をする教師夫妻が描かれていました。

三好さんはいわゆる文学青年で、文学に心をそめた青春時代が、ちょうど戦後日本文学の勃興期で、中でも織田作之助、太宰治といった無頼派の作家たちにあこがれ、「いつか俺も」という気持を抱いたのです。作家のゴシップを数多く覚えていて、それが面白ろおかしく作られていることなど知らず、本当のことと受けとめ、作家を夢見る、このような「文学青年」が、かつてはいたものです。三好さんもその一人でした。

分校の先生が一夜にして有名人になり、「作家先生」になりました。夢が現《うつつ》となったのです。加えて印税もこれまで手にしたことのない金額をもたらします。初版五千部、受賞直後五万部、一年後には二十五万部、そしてさらに売れ行きをのばしました。これは文庫本も出版されましたから、こちらの印税もあり、かなりな金額になりました。

三好さんは平泉に近い所に住んでいました。藤原三代の物語、そこを頼った源義経の物語の構想を持っていました。私は教員を続けながら、それらを書くことをすすめましたが、当人は私の話などは聞こうとはしませんでした。教師を辞め、東京にも住まいをもちます。そして銀座を飲み歩きます。作家で銀座のバーやクラブを自分の金で出入りしたのは三好さんくらいで、ほとんどの作家は出版社の接待で飲んでいるのです。

三好さんは作品が、次々と売れる作家ではありません。結局、岩手の町での暮らしに戻ります。私は、新人賞の応募原稿読みを、直木賞受賞へと伴走した編集者です。人生では年少ですが、三好さんに作家としての生活の方法も提案しました。それは耳に痛く、聞きづらいことだったようで、私を避けるようになってきました。

それでも機会を得ては、「書いてみませんか、読ませてください」と伝えました。しかし、プライドが許さなかったか、作品を送ってくることはありませんでした。いわゆる「地方名士」で、ほどほどに身が保てるのです。やはり「直木賞」の力は大きいのです。

私は三好さんが亡くなって十年経って、墓参りをしました。「自分は、一清《いっせい》さんのお蔭でなりたかった作家になれた。嬉しかった」と言っていたと京子夫人からうかがいました。

私は新人賞などで出発のところに立った人に「どんな作家になりたいですか」「愛読書は何ですか」と尋ねます。思えば、それに近づける、そのような作品に近づこうと努力するものです。それを持たない人は伸びません。三好さんにとっての「あこがれの作家」「心を動かされた作品」は何だったのだろう、と思うことがあります。

三好さんの一年前、昭和五十（一九七五）年下半期第七十四回芥川賞は、岡松和夫さんの『志賀島』と中上健次さんの『岬』でした。

受賞決定があった次の朝、ＮＨＫの朝の番組に出演した中上さんを、郊外の玉川上水近くのお宅に帰る車に同乗し、途中、私の恩師暉峻康隆さんを訪ね紹介したことは、中上さんは嬉しかったようで、「俺も、早稲田大学の国文科に行きたかった」ともらすこともありました。「読み方はわからなかったけどその名前は、知っていると中上さんは言いました。中上さんが高校生の頃に読んでいたのは学燈社の「国文学」で、暉峻さんの名前を知ったのは、この誌上だったのです。近世文学関係の編集顧問として、暉峻さんの名前は毎号の目次に載っていたのです。

自宅近くで、「週刊文春」のグラビア撮影に立ち合って、中上家に戻ったところで、かすみ夫人の親戚といわれる二人の夫人に会いました。テレビ、新聞で紹介される中上さんですが、常日頃、厄介な婿として悩みの種であるのが一瞬にしてわかりました。「芥川賞を受けられて、お目出とう」などという言葉が一切ないのです。「これからは変わってくれるだろう」「少しは良くなるだろう」という言葉が耳に入るのです。私は、中上さん、かすみさんの結婚式にも出席していて、「かならず日本を代表するような作家になる」などとスピーチをしていました。二人もそれを聞いているはずです。私は切なくなって、「健次さんは大変な賞を貰われたのです。これから楽しみにしていてください。私もそのために力を尽くしますから」と口にしたのでした。それでも二人の表情は変わりませんでした。

その宵、事が起きました。明けて一月十六日朝、中上さんが文藝春秋にあらわれました。「受賞の賞金を前借りしたい」というのです。このようなことは未《いま》だ嘗《かつ》てなかったことです。「何故?」と尋ねるのですが、「いろいろあって」と言って次の言葉がないのです。「わかった」とひと言いって、編集部に戻り「文學界」の西永達夫編集長に相談しました。「いろいろあるのだろう」と「仮出し」伝票にサインをしてくれました。

あとで知ることですが、取材を終えた私たちが引き上げた後、家に居づらく新宿に出た中上さんはゴールデン街で酒を飲み酔っぱらいます。そこで隣り合わせた男と殴り合いの喧嘩になり、相手を傷つけたのです。警察沙汰にするか、示談にするかということになり、先に手を出した中上さんがいかばかりか払うという示談となったのです。その金の工面に、一カ月ほど経つといただける芥川賞賞金を思いついたのでした。今日では賞金は百万円、その前は五十万円、その前は三十万円。中上さんはその三十万円時代です。

ちなみに戦後復活した第二十一回昭和二十四（一九四九）年上半期芥川賞小谷剛さん、由起しげ子さん、直木賞富田常雄さんの時は五万円。第三十二回の芥川賞小島信夫さん、庄野潤三さん、直木賞梅崎春生さん、戸川幸夫さん。この時から十万円。第五十七回の芥川賞大城立裕さん、直木賞生島治郎さんの時から二十万円。第六十六回芥川賞が東峰夫さんと李恢成さんの時から三十万円。なおこの回の直木賞はなし。五十万円になったのは第八十回の宮尾登美子さんと有明夏夫の直木賞のときから。この時、芥川賞はなし。百万円になったのは第百回、芥川賞が南木佳士さん、李良枝《イヤンジ》さん。直木賞が杉本章子さん、藤堂志津子さんからです。

中上さんは、『岬』の印税が入り、これまでにない小遣いを手にすることになりました。そして、小鳥を百羽、二百羽と買い込んで飼い始めます。一度してみたかったことと言っていました。

その点、女性の場合は私の知る限り装いです。受賞式の日のためにドレスを新調する方はかなり多く、賞金のほとんどが費やされます。たとえば第八十八回昭和五十七（一九八二）年下半期の加藤幸子さんは、赤坂にアトリエを持つデザイナーを訪れる時、伴《とも》をしたことがありました。大田区のご自宅に上って打合わせをすることになっていて、その途中アトリエに寄られたのでした。私は外にとめた車の中で寸法取りが終るまで待っていました。

女性作家で和服で過ごす方が、ふえていきました。大庭みな子さんは、洋服は堅苦しいということで、和服で通されることとなりました。筆記用具がその頃から毛筆にかわり、文章も書き方も変化していきました。芥川賞の選考会にも、和服で出席でした。

林真理子さんは、第九十四回昭和六十（一九八五）年下半期の直木賞受賞式には、洋服で出席、他のパーティーなどでも、洋装でしたが、いつの頃からか和装に変わりました。

同じく直木賞選考委員の宮部みゆきさんも和服で委員会にも、授賞式にも出席です。

女性にとって、着物には特有の魅力があるようです。作家の中里恒子さんと画家の片岡球子さんは、芸術院の会議があると、湘南方面への戻りの車がいっしょになります。片岡さんは中里さんの着ている和服が気になってならない。「どこであつらえられたの。私も欲しい」と、とても熱心に尋ねられると中里さんからうかがったことがありました。

中里さんは昭和五十八（一九八三）年芸術院の会員に推された時、自分へのご褒美として「辻が花」を新調しました。私たち編集者が中里さんのお祝い会を開いた時、召して来られました。昭和六十二（一九八七）年四月に中里さんは亡くなりました。ご遺体を棺に納める時、アメリカから戻っていた娘の圭さんが「母が一番好きだった、この和服を着せようと思って」と、その「辻が花」を取り出しました。この着物がいかほどの値段のものか、アメリカ住い長い圭さんにはわかりません。

「装いされるのもいいですが、これはもう芸術品とでも言える大変な作品です。後々に残して差上げてください」とのみ申しあげたものでした。


ゴルフに夢中になる作家も多いのです。不思議と女性作家にはおられない。このゴルフがいかに魔物であるか本能的にわかるのかもしれません。

密室での執筆から開放され、健康的な体力づくりとしてのゴルフですが、これにはまるとどうにもとまらなくなるようです。金がかかります。一番高い原稿料は新聞連載です。かつては四百字詰め原稿用紙三枚、今は二枚半。稿料は、文藝誌でよく出して一枚六、七千円、小説誌で、八千円がいいところだった頃、新聞は一枚一万円以上を支払っていました。

朝、一回分の三枚、または二枚半を仕上げてゴルフ場に行く。かつては婦人誌というものがあって、これが新聞連載で名前が通っている作家ということで、原稿を依頼します。こちらは夫人たちにわかりやすく、やさしく書いてくださいという注文です。これの稿料が新聞連載並みなのです。手取り早く片付けられる仕事、しかも稿料がいいということで、新聞連載、そして婦人誌、今日ではＰＲ誌への随想などがありますが、こちらへと作品発表の場も移っていきます。一度易《やす》きにつくと、力を入れて書かねばならない、たしかな仕事へ向えなくなるものです。

もちろんゴルフをされる作家の方でも丹念な仕事をする作家もいますが、多くが書き飛ばしているのです。連載が終って単行本にしようと読み直すと、これが手入れをしないと読めたものではないことは、わかります。「俺はゴルフに夢中になっていた頃の連載で、何篇か本にしていないものがある。いや本に出来ないのだ」と、大岡昇平さんのボヤキを聞いたことがあります。その大岡さんは、ハンディ22の腕前になり『アマチュアゴルフ』という入門書を著わして、ゴルフへの仇を取ったと言っていました。

大岡さんが七十歳を過ぎて、『ながい坂』という戦犯として処刑された人々を書いた作品が売れ、その税金対策としてかつての新聞小説『若草物語』を徹底的に書き改め、『事件』として世に出しました。ところが、それがテレビドラマでシリーズ化されてベストセラーになり、次の年の税金対策のために新しい連載を始めたり、文藝誌でお蔵にしていた作品を取り出して出版したり、大岡さんは忙しくなりました。大岡さんは七十歳をすぎてベストセラーを持つと大変なことになるとボヤきながら、健康を取りもどして仕事に励まれたのでした。その頃、私は企画した作家の日々の感想「成城だより」の連載を企画し担当者として、毎月原稿をいただきに上っていました。文藝誌や小説誌をよく読んでおられ、「ゴルフを始めると、筆が荒れていくね。＊＊はゴルフを始めたのではないか」と作家の名前を上げられるのでした。

ひとたび筆が荒れた作家には、なかなか注文を出しにくいもので、結局、編集者も疎遠になっていきます。付合って作品をいただいても、出版する本の売れ行きは芳しくありません。読者が回答を示すのです。


私は平成二（一九九〇）年夏から、同六（一九九四）年春まで、「別冊文藝春秋」の編集を担当しました。ここでは「直木賞受賞第一作」を書いていただくのを恒例としていました。締切が贈呈式の日と重なっているのですが、「書き上げて晴々とした気持で式に出る」と、自らに言い聞かせて書かれる作品は、出来栄えもいいのです。作家をその気にさせるのが直木賞なのです。泡坂妻夫、古川薫、宮城谷昌光、高橋克彦、高橋義夫、伊集院静、出久根達郎、高村薫、北原亜以子、佐藤雅美、海老沢泰久、中村彰彦のみなさんは、さすがに注文に応えて書く、直木賞受賞作家の本領を発揮されました。

ただし、百五回の芦原すなおさんは、事情が違いました。芦原さんは、直近の号はもとより、後一作も発表されませんでした。直木賞には向かない方を直木賞で授賞した方に問題があるのか。さまざまな理由があるでしょうが、ひとつに「傑作意識」という厄介なものがあることは上げていいでしょう。前作よりもいいものを書きたいと思われるのは殊勝な考えといえるでしょうが、書かれた作品の良し悪し、傑作か駄作かは、これは受けとめる方が決めることなのです。

文藝春秋では、毎年作家の方を招き、ゴルフのコンペをしていました。芦原さんは、この常連で、年々上達していきました。私たちが知らないところでゴルフ・フィを稼ぐ仕事をされていたのかもしれません。同じように第六十一回昭和四十四（一九六九）年上半期、直木賞は佐藤愛子さん、芥川賞は田久保英夫さん、庄司薫さんでした。庄司さんは『赤頭巾ちゃん気をつけて』のあと、一、二作作品発表をされましたが、ほどなく作品発表が絶えました。「文學界」の編集部にいて折々に接触しては執筆をすすめるのですが、そのつど「いずれ、そのうち」と断られ、今日に至ります。その間もちろん先にのべた芦原すなおさんと同じくゴルフコンペに参加いただきました。

夫人でピアニストの中村紘子さんとも、お目にかかる機会がありました。私どもの主催する「文の甲子園全国高等学校作文コンクール」の審査委員をお願いしていて、このことで何度か会い、文藝春秋講演会にも随行したことがありました。また、後に松江での仕事に就きましたが、この町でも、紘子さんのピアノコンサートが開かれました。このような時、楽屋に伺うこともありました。この時、いつも最後の言葉に、「庄司さんをよろしく、きっといいものを書くから」と紘子さんはおっしゃるのです。私もいつも「もちろん待っていますよ」と返事をしました。

仕事の質を落とさず、文藝誌での仕事で、生活費を稼いでも東京の暮らしは無理と言うことで、信州で暮らしている作家がいます。丸山健二さんです。編集者は必要と思うと、それを求めてどこまでも行くのです。中央とか地方とか、ことさら言う人がいますが、自分の作品の拙さを住んでいる所のせいにするようで感心しません。

第百十七回平成九（一九九七）年上半期の芥川賞は目取真俊さんでした。受賞当時、三十六歳の高校教師でした。目取真さんは春休み、夏休みといった長期の休みになると、東京に出て友人の家に、一週間くらい滞在し、その間、東京の町を歩き回り、都会の風に身を晒《さら》していました。地域にいると、自分の感覚がそこでならされてしまって、ついつい井の中の蛙《かわず》のようになってしまう。すると表現が客観性を欠くものとなる、と言っていました。

これは、私もよくわかります。東京を遠く離れて、松江のような、観光に来ていただくにふさわしい風光明媚な町にいると、ついついそこがすべてと思ったりするようになるのです。

作者がいい表現者となるためには、環境に馴染みながらも、それとの距離をとる、それなりの克己心が必要なのです。

五、話題の受賞者、受賞作

私が体験した最も話題を呼んだ「芥川賞」は、第百三十回平成十五（二〇〇三）年下半期で、受賞作は金原ひとみさん『蛇にピアス』、綿矢りささん『蹴りたい背中』です。若い女性ということで話題が集中しました。金原ひとみさんは二十歳、綿矢りさんは十九歳の受賞でした。この綿矢さんの最年少受賞者としての記録は、今日も破られていません。

ジャーナリズムは、その年齢のことばかりを取り上げていましたが、私は社内選考委員の一人として、この二作を読み、金原さんには物語作りに類い稀な素質のあることを感じました。小説の第一条件といっていい、話の展開の巧みさを持った人と思ったのです。一方の綿矢さんには曰く言い難い微妙な感情を捉える感性があり、人の心の襞《ひだ》を描き出す、表現力が備わっているように思ったのです。私は年齢の若さより先に、この二人の美質と可能性の大きさを評価したのでした。この第百三十回では直木賞にも二人の受賞者が出ています。江國香織さんの『号泣する準備はできていた』と京極夏彦さんの『後巷説百物語《のちのこうせつひゃくものがたり》』、二人は実力のある作家ですが、芥川賞の両名にすっかり霞んでしまった感じでした。

芥川賞受賞作は「文藝春秋」に掲載されます。選考会のあった平成十六（二〇〇四）年一月十五日から数日後の局長会議でのことでした。当時の私は、第一編集局の局長の肩書で、「文藝春秋臨時増刊」の編集長をつとめていました。話題作を掲載する「文藝春秋」三月号の刷り部数が議題に上りました。

その頃の「文藝春秋」は刷り部数五十五万部というところでした。通常、芥川賞受賞作の掲載号は十万部を乗せることになっていました。当初、いつもの芥川賞掲載号並の扱いで刷り部数は六十七万部と決まっているとの説明でした。それを聞いて、私は愕然《がくぜん》としました。ここで正直に、私の考えを述べるべきと思うと挙手もしないで話し始めたのでした。「長年、芥川賞・直木賞に係ってきた者として、このたびの金原さん、綿矢さんの受賞は、五十年に一度、いや芥川賞の歴史を先になって振返る日があると、必ず一、二に上げられるほどの出来事だと思います。過去の例でいえば『太陽の季節』と並ぶ、いやそれ以上の話題性を持っています。どうか、この二人の受賞を注目し、営業部でも頑張って欲しい。これほどの受賞作を得ることは、当分ないでしょう。私は、もっと刷っていいと思います。それほど受賞作を出していることを評価してください」

いささか長広舌になったと気づいていましたが、やめられなくなって、「いかがでしょう、最初から八十万部刷っては」と口にしたのでした。私の心の中で芥川賞にもっと注目させたいと思っていたことにもよりますが、私が「八十万部」と数字を口にした時、幾人かがもらした失笑が聞こえたのでした。

私がこうした発言をしたのは、確たる事実、統計を取っての数字を握ってのことではありません。すべてこれまでの経験からの勘によります。営業部は、これまでの売り上げの実績から得た数値が拠り所です。過去の数字は握っていてもせっかくの好材料を得ても、先が見通せないのです。

当時、取次の東京書籍販売、日本書籍販売から返本数を減らすよう、そのための刷り部数を削減の指導があり、雑誌も単行本も、ことごとく部数減を求められていたのです。「資源の無駄遣いをするな」とまで言われたものでした。こうしたやり方は、現状への対処で、ではどうしたら売れるか、の考えはなく、ましてや新しく起きることへの対応はないのです。その前例もない、新しい出来事が起きているのです。

笑いをもらした者もいたのですが、社長の白石勝さんは何かを感じたようで、その日のうちに「八十万部構想」を営業局に伝えました。翌日、臨時部数会議が招集され一旦決めた部数をさらに乗せて七十八万五千部としました。すんなり八十万部に変更しないところなど営業部は、あくまでも慎重です。でも、数が改められたのはいいことでした。そうと決って、白石さんは各書店主に宛直筆のお願いの手紙を書きました。これまでにない、受賞作そして受賞者であると力説した真情あふれる手紙です。それを営業部員たちがコピーして、全国の二千五百店へ送り、その中の千三百店へは直接に訪問、または電話するということにしました。営業部内に「文藝春秋」芥川賞掲載号「完売プロジェクト」を組み、発売日の二月十日にその活動を始めました。

しかし、それはその日のうち、一旦休止を余儀なくされます。ひっきりなしにかかってくる電話の対応に、昼食もとれない状態となったのです。発売日初日に有隣堂横浜西口店では四百部、紀伊國屋書店梅田店で三百部と桁違いの売れ行きとなりました。次の日、二月十一日には、全国の書店で完売となりました。また次の十二日も、書店からの注文電話に追われました。重版はしないのかとの問いに、その考えはないと伝えると、どうして売れるものを売らせてくれないのだと、叱りつけられる有様です。すさまじい反響についに方針を変え、第二刷りを決めます。そして、さらに第三刷りも決めざるを得なくなりました。長らく抜けないだろうと言われていた平成二（一九九〇）年二月号の『昭和天皇独白録』掲載号の記録と並びます。

二月十九日に重版、増刷分が店頭に並ぶと、これも飛ぶように売れているという有様です。ある書店では五十分に六十冊売れたといいます。ということは一分に一冊が、売れていくというぐあいです。

次の日、二月二十日、芥川賞・直木賞の贈呈式が行われ、その模様がニュースや新聞で大きく取りあげられると、注文がさらに殺到します。当時、営業部にいた税田知子君が「文藝春秋社内報」二〇〇四（平成十六）年三月号にレポートしています。

「まるで津波のようにどんどん膨れ上がり、もはや手がつけられない状態になる。そしてついに（二月）二十三日夕方、そのときはきた。四刷計百十八万五千部――歴史を塗り替えた瞬間、この想像を絶する巨大台風の、まさに目の中に在る幸せと怖さをいま噛みしめている」

こうした結果がもたらされたものの、それまでの経緯、また当時の雑誌出版業界がどれほど厳しい状態であったか、そのためにたやすく増刷に踏み切れるものではなかったことを、営業部の責任者羽田昭彦君が「文藝春秋社内報」二〇〇四年四月号で報告しています。そのタイトルは「正直、不安でいっぱいでした」とあります。第二刷の部数は、取次の希望を聞きいれたものだったと記して、その代り取次とは総送品数のうち十パーセント以上の返品は受け取らない旨の約束を交し、覚書も取ったというのです。これは実に稀な取り決めです。日頃部数を削れ、を言っている所からもっと刷れという要望が出されたのです。であれば返品を安易に考えられては困る、というわけです。羽田君は、次のようにこの文章を終えています。

「仮に増刷分四十万部も合わせて一回で刷っていたらどのくらいのコスト減になっていたか。資材製作部の試算によれば答えは約四百七十万円、用紙代・印刷費の二パーセントアップに相当します」。羽田君の報告は、先の税田君のレポートと同様、数値を示して、その頃の営業部の活動の様子、増刷で沸く部内の雰囲気を伝えています。久しぶりにそれらを読み返してみて、私は反省するところがありました。羽田君の文章の中に、なぜ初めの部数を抑えざるを得なかったか書かれていました。

「なぜなら、二〇〇〇（平成十二）年以降の芥川賞発表号は、売り上げが期待値ほどは伸びなかったからです。また近年では返品率十二パーセントと成績の良かった柳美里、辻仁成のダブル受賞号（一九九七〈平成九〉年三月号）でも、刷部数は七十万部。よく例に挙げられる村上龍『限りなく透明に近いブルー』（一九七六〈昭和五十一〉年九月号）は、確か百万部刷りましたが、通常の平均発行部数は約八十四万部、返品率一ケタ台（！）の時代のことです」

私は一九九六（平成八）年からの五年間、日本文学振興会にあって芥川賞の立て直しに尽くしました。羽田君が上げる柳美里さん、辻仁成さんのダブル受賞も、その頃のことでした。私は記される二〇〇〇年以降は日本文学振興会の職を解かれ、最後の仕事として「文藝春秋臨時増刊」の編集に専念するよう申し渡されていました。私は後任に渡すとき、「あの路線で芥川賞の運営と進行をすれば、芥川賞は育っていくであろう」と思い、そう信じていたのでした。しかし、営業部に上がってくる数字は決していいものではなかったと教えられたのです。あの局長会議での私の発言が失笑を買ったのも、そういう背景があってのことと納得するのです。停滞していたが、この金原さん、綿矢りささんで、一気に取り戻したと思っても、営業部の者たちには、そういう楽観は許されません。厳しい状況と向かい合っていたのです。

何事も「前代未聞」とか「空前絶後」というものは、ないようです。「記録は必ず破られる」と言われますが、そのことを感じさせられることが起きます。綿矢りささん、金原ひとみさんの芥川賞の出来事があって十年が経ち、又吉直樹さんの『火花』をめぐる、大きな出来事が起こりました。これは、ひとえに「文學界」編集部浅井茉莉子《まりこ》君の奮闘ぶりを抜いては語ることはできません。

「ピースの又吉って芸人が、『別冊文藝春秋』を読んでいるとブログに書いているよ」と、浅井君は先輩から教えられます。「別冊文藝春秋」という雑誌は、いまは電子図書の形となっていますが、私が編集長をつとめている頃は、活字の雑誌として年四回発行していました。実はこの雑誌、昭和二十二（一九四七）年創刊、当初は隔月に発行したり、資材不足などの事情で不定期な刊行を余儀なくされていましたが、早くに春夏秋冬に発行する季刊誌として定着しました。フランスのアンリ・マチスの絵を表紙画にする一時もあり、発行が待たれる雑誌となりました。刷り上がると書店の方がリュックサックを持って買い取りにみえ、すべて現金払いで引き取られていきました。

余談ですが、私が文藝春秋で働いていた頃、賞与（ボーナス）は年四回に分けて支給されました。これはそもそもの始まりを「別冊文藝春秋」の買上げ代金で賄っていたことの名残でした。

「別冊文藝春秋」は、いわゆる「中間小説」といわれる、興味深い、とっておきの題材で読ませる面白い小説を掲げました。既成作家は枚数を費した作品を発表し、単行本の表題作となる作品も数多くあります。私が原稿運びをした司馬遼太郎さんの乃木希典将軍を描いた『殉死』は、この百号記念号に向けて書かれ、掲載されました。司馬さんの代表作のひとつ『最後の将軍』も、ここに発表した作品です。ちなみに「実名小説」という実在人物を主人公の小説を開拓したのも、この雑誌です。

私は入社直後に「別冊文藝春秋」百号の記念号の編集にたずさわり、二十五年後、編集長として二百号記念の編集をしました。このとき、郡司勝義さんの『小林秀雄の思ひ出』、丸川賀世子さんの『有吉佐和子とわたし』を掲げたのも、この路線の踏襲でした。これらは評判になりました。いろいろな試みをしていて、ヘミングウェーの『老人と海』が福田恆存訳として発表されたのは、この「別冊文藝春秋」です。

力をつけてきた実力のある作家に、「ある程度の枚数を使って、思い切った仕事をしてみませんか」と執筆を依頼しました。「オール讀物」「小説新潮」「小説現代」など小説雑誌が求めるものはせいぜい三十枚ほどのもの、これではおさまり切れない題材を百枚も、それ以上も使って書いていいということで作家の方は、取っておきの題材をここで展開しました。そして、それで直木賞を受賞し、作家生活の基盤を築いたのでした。水上勉さん『雁の寺』、立原正秋さん『白い罌粟』、野坂昭如さん『アメリカひじき』、三好徹さん『聖少女』、陳舜臣さん『青玉獅子香炉』、渡辺淳一さん『光と影』、少し時代が下がりますが、中村彰彦さんの『二つの山河』は、その作品で直木賞を受賞しています。ちなみに黒岩重吾さんが新境地を拓く古代史ものを発表したのも、佐藤愛子さんがライフワークとして書いた『血脈』も、この「別冊文藝春秋」の、私が編集長をつとめていた頃の発表作品です。

この雑誌のコマーシャルフレーズが「小説好きが読む雑誌」「玄人好み、小説通の雑誌」というものでした。いつの頃からか、作家の間では「別冊文藝春秋」は気になる雑誌になっていきました。白石一郎さんは、心を開いて、作家の本音、作家の心情を吐露し、聞かせてくださる方でした。その白石さんが「『別冊文藝春秋』から声をかけられたら直木賞が近づ

いた、と言われていたものです」と口にされたことがありました。その余燼は今も残ってい

て、浅井君が「又吉さんという人は、よほど小説が好きなのだろうと気にしていた」と言う

のも頷けます。ある会で、プライベートで来ていた又吉直樹さんに浅井君は挨拶します。二

〇一一（平成二十三）年のことです。

「とてもシャイで朴訥とした印象、お話しても誠実に本を読まれる方だと感じました」と、

先にも引用した「文藝春秋社内報」二〇一五（平成二十七）年二月号掲載のレポートを続け

ています。浅井君が書いているところを紹介します。

又吉さんの発表するエッセイなど読むうち、浅井君はその文体に惹《ひ》かれ、「単なるミーハ

ー心を越えて小説を書いていただきたいと思うようになりました」といいます。そして二〇

一二（平成二十四）年、「別冊文藝春秋」で自伝的な短篇を二篇いただくことが出来ました。

二〇一四（平成二十六）年、改めて小説の執筆を依頼します。単行本を考えて作品を書い

ていただこうということなのです。すると、「単行本として刊行するのであれば、一から新

しい作品を書きたい」と、又吉さんは答えます。これは、考えを持っている人ならではの言

葉です。日頃、「別冊文藝春秋」などに親しみ、気持を抱いている人は違います。いつかそ

の日が来たら、このようにしてみたいと、その日が来るのを待っていた人の言葉です。

浅井君は、それならば一篇で本として刊行できるよう、少なくとも百五十枚の原稿をその

年の年末までにいただく約束を交します。そして、又吉さんは一日も休みのないなか、二ヵ月ほどで二百三十枚を書き上げるのです。芸人の先輩後輩の話です。芸人が芸人の小説を書くことで色眼鏡で見られはしないかと浅井君は心配したようですが、原稿を読むうち、それが全く杞憂とわかりました。編集長の武藤旬君、また以前の「文學界」編集長の大川繁樹君も読みに加わり、又吉さんにもお越しいただいて掲載に向けての手入れの作業が続けられました。校了した時、浅井君は「いい作品をいただけた手応えでほっとした」と感慨を記しています。

題名は最後まで決まらなかったといいます。編集部から「火花」を提案しました。冒頭、花火の場面で始まるからです。火花が散る関係が描かれているからでもあります。芸人の生き方は火の粉のようであるからとも考えました。又吉さんは「ピース」の前に「線香花火」というコンビを組んでいたこととも繋がっているようなタイトルと思えました。

作品は平成二十七（二〇一五）年二月号「文學界」に掲載されました。一月七日の発表日の次の日、七千部の増刷を決めました。昭和八（一九三三）年、小林秀雄、川端康成たちが創刊して以来八十二年にして初の増刷です。しかし、それでは注文に追いつきません。翌々日に二万三千部の増刷が決まりました。「文學界」の平常号の発行部数は一万部です。増刷分の三万部を加え、四万部を発行したことになります。

これは歴史上初のこと、日本の文藝雑誌の歴史始まって以来の出来事です。そして単行本化され三月十一日発売されました。この初版の刷り部数十五万部です。

さらに『火花』は平成二十七年上期の芥川賞候補になり、受賞しました。既に「文學界」で読まれ、単行本になって出回っている作品です。「文藝春秋」九月号の芥川賞発表号はどう対応するか。この時、平常四十六万五千部という部数の倍、九十二万三千部を刷り発行します。それでも足りず、さらに十三万部を加えます。合計百五万三千部。これは『昭和天皇独白録』を載せた平成二（一九九〇）二月号の百五万部を超え、先に述べた綿矢りささん、金原ひとみさんの第百三十回芥川賞作品掲載号、平成十六年三月号の百十八万五千部につぐ刷り部数です。

芥川賞、直木賞の場合、決定発表号の「文藝春秋」、「オール讀物」の売れ行きがいいと、単行本の売れ行きが相乗作用となって伸びるのです。『火花』の場合、受賞決定前までに十五万部の初版刷り部数から六十四万部へと売れていました。

いつの頃からか、本をタワーのように重ねて積み上げる書店が出現しました。「芥川賞の受賞が決定するやタワーが一瞬で溶けました」と伝えられます。「買っていかれる方は十代後半から九十代まで幅広いお客様です」と説明を受けています。翌週投入の二十万部が即、引き取られました。続く二十万部を三回、二十五万部、四十万部と増刷をかけましたが、それも出払い、大量増刷をかけて、ようやく品薄状態が解消したと言います。このように芥川賞受賞決定後も部数をのばし、二百五十三万部を超えたというところまではうかがっていたのですが、その後この数字はさらに伸びていることでしょう。

実は第百五十三回芥川賞では、いまひとり羽田圭介さんが『スクラップ・アンド・ビルド』で受賞しています。レコードでいうA面B面をたとえにするのは失礼かもしれませんが、「文藝春秋」九月号は羽田作品が読者を引き込んでいたのも事実でしょう。ちなみに、羽田圭介さん『スクラップ・アンド・ビルド』は、受賞決定で五万部を増刷、二十万部を超える部数となっています。

以下は、私の持つ資料と私が信用していいと思える資料から得た情報を合わせお伝えします。

又吉さん以降、五十万部以上売れた芥川賞作品は第百五十五回平成二十八（二〇一六）年上半期の村田沙耶香さん『コンビニ人間』、第百五十八回平成二十九（二〇一七）年下半期、若竹千佐子『おらおらでひとりでいぐも』。一方、直木賞の方は、第百五十六回平成二十八年下期、恩田陸さんの『蜜蜂と遠雷』の一点です。

さかのぼって、これまで話題に上げた作品の売れ行きを見てみます。第百三十回の平成十五（二〇〇三）年下半期芥川賞、金原ひとみさん『蛇にピアス』、綿矢りささん『蹴りたい背中』は、百二、三十万部です。

私がデビューに係り、また出版も担当したところで、第百五回平成三（一九九一）年上半期の芥川賞、荻野アンナさんの『背負い水』は、初版八万部から現在十八万部。第百回昭和六十三（一九八八）年下半期芥川賞南木佳士さん『ダイヤモンドダスト』は初版七万部で始まり二十万部に達しています。その前、第九十九回昭和六十三（一九八八）年上半期芥川賞の新井満さん『尋ね人の時間』は、初版十万部で十五万部に。第九十七回昭和六十二（一九八七）年上半期芥川賞村田喜代子さん『鍋の中』は十万部。第九十二回昭和五十九（一九八四）年下半期芥川賞の木崎さと子さんの『青桐』は初版七万部で始まり、十四万五千部。他社の作品ですが、第七十八回昭和五十二（一九七七）年下半期芥川賞の宮本輝さん『蛍川』は、初版十万部で、二十三、四万部に。第七十五回昭和五十一（一九七六）年上半期村上龍さんの『限りなく透明に近いブルー』は初版二万部、そして百三十一、二万部。これは又吉さんの『火花』につぐ売れ行の単行本です。もっともいま上げた作品は、それぞれ文庫版も出版されていて、少なくとも一・五倍、多いのは二倍くらいの部数になっています。

直木賞の方で、五十万部以上売れた作品を取り出してみます。第百四十九回平成二十五（二〇一三）年上期、桜木紫乃さんの『ホテルローヤル』、第百十七回平成九（一九九七）年上期の浅田次郎さん『鉄道員《ぽっぽや》』、第百九回平成五（一九九三）年上半期の高村薫さん『マークスの山』、さかのぼって第八十五回昭和五十六（一九八一）年上半期の青島幸男さん『人間万事塞翁が丙午』。その二回前、第八十三回昭和五十五（一九八〇）年上半期の向田邦子さん『思い出トランプ』です。もっとも先に言うように文庫版がそれぞれ出版されていて、この向田作品も文庫では相当部数刷られ、読者の手に渡っていることと思います。

このような数字を見ると直木賞は売れる流行作家を選んでいるはずですが、芥川賞ほどの勢いのないのはどう捉えたらいいのでしょう。多分に作品の質によるものと思います。五十万部を超え百万部をうかがうほどのものは、やはり内容の濃いもの、読んで良かったと思い、人にすすめてみたくなるような作品ではないでしょうか。直木賞作品は、題材の真新しさが決め手となります。その鮮度が薄れてくると、時代とともに過去に葬られてしまうのかもしれません。流行を追う小説の宿命なのだと思います。

ここに木崎さと子さんの『青桐』を出版した時の「売行調査集計表」があります。出版すると営業部が、いずれの本に関してもこの表を作り、増刷を決定したり、この筆者の後の出版に関しての営業部としての対応を決める参考とする、といわれるものです。『青桐』は先ほども記したように、七万部から始めました。その一週間目の調査です。新宿紀伊國屋は二國屋七十冊仕入れて、八冊残り。笹塚紀伊國屋三十冊仕入れて六冊残り。同じ紀伊國屋でも住宅地をひかえた書店での売れ行きが好調。婦人たちが買い求めてくださっている様子がうかがえます。通りすがりの客、若者たちの多いターミナル駅の周辺の紀伊國屋の売れは芳しいとは言えません。

芳林堂は手堅く本を売る店で、私の信頼した書店でした。池袋店四十冊仕入れ、残り三冊。高田馬場店五十冊仕入れ、十冊残り。また有隣堂にも頼りになる店員がおられ、良書を大切に売るという姿勢があり、感心して見守っていました。有隣堂藤沢店五十冊仕入れ九冊残り。町田店三十冊仕入れ三冊残り。しかし、同じ有隣堂でも横浜店百三十冊仕入れ七十二冊残り。東口店百二十冊仕入れ六十四冊残り。西口店二百七十冊仕入れ百六十六冊残り。やはり紀伊國屋書店と似た売行きです。

こうした調査から、日販系の店での売れ行き四十八・六パーセント、追加注文数千百九十五冊。予想売行き七万三千八百冊。東販系の書店で売行き率五十三・七パーセント、追加注文七百六十冊。同じく予想売行き七万七千三百冊。この調査は二週間目にも行ない、推移を見守ります。結果的には十四万五千部という部数を売り上げているところを思うと、こうした「売行調査集計表」が、どれほど信用できるものか疑わしいところですが、私たち本づくりにたずさわった者は、これにはやはり一喜一憂したものでした。

この調査は適正に配本がなされているかを知るには役立つものと私は思って見ていました。これをもとに、内容によっては配本を工夫するようになっていったらといつも思うのでした。そうした提案を繰返しましたが、聞き入れてはいただけませんでした。こういう調査を有効に使う気持を持って臨んでいたら、出版状況も少しは変わっていたと私は思うのです。一度決められた配本の数値によって、コンピューターのプログラムが作られ、それを改めるとなると、相当な金銭が必要で、その額は売り方のミスによる損失より大きいとなると、プログラムの改修などしないと聞きました。雑誌販売でも同様で、「悔しかったら、三号続けて異常な数字が出るような編集をしてみせろ」と言われたこともありました。そのような状態になって、はじめてコンピューターのプログラムの修正に取りかかると言われました。今日では、きっと臨機応変、対応され処理されていることでしょうが、便利と思ったコンピューターの導入の始まりのころの、これが実情でした。

書籍の商売にたずさわって、最も怖いのは返品です。目論《もくろみ》と違って売れずに戻ってくる本の多さは、経営の面では大きな損失です。刷り部数をおさえて、返品率を下げる、これは最も収益を上げることになるのです。

堅実な教養書を手がけ、世間的にも信頼の篤い出版社がありました。ここで初めての受賞作品が出ました。話題の賞ですから、期待もあります。配本の少ない店などでは、売り切れ店が続出しています。ここで何点か手がけたことのある出版社は、我慢して市場を涸《か》らすのです。本屋によっては売れ行きの伸びない店があり、売れ行きにはばらつきがあります。

用心を重ねて、小刻みに増刷していくのが得策です。しかし、経験がないと売り切れ店の方に目が行き、そこの再注文に気を取られるのです。それ以上に著者からの注文です。「どこそこの店に行ったけど売れてなくなっていた、と知らせがあった」とか、「近所の本屋にも注文の本がこない、何とかしてくれ、と嘆かれて困っている」と担当者へ電話してくる著者がいるのです。これには出版社の編集者は答えに窮します。「本の売り方は、当方の営業部員にまかせましょう。先生は次の作品に取り組んで、こちらに集中してください」と、しっかりと対応出来る出版編集者は、そうそういるものではないようです。

私の知るところでは、せっかく受賞作を持ちながら、著者の強い要請に敗けて、増刷をかけて、それが後日返品となって、結局経営が難しくなった出版社がありました。本が売れるようにするには、いろいろな方法があるでしょう。私が言えることは、著者が次の作品にいいものを書くことです。そうすると前の作品も売れます。出版編集者は、そのために著者に尽くすことです。

他社にはないことですが、私が勤めた文藝春秋では、芥川賞作品の単行本には、いつの頃からか口絵写真として著者の近影を入れることにしていました。記念出版という意味があってのことでした。

以前は、受賞決定後に受賞作の出版が企画されて、三月号九月号の発表号の「文藝春秋」が書店から姿を消して、しばらくして単行本が発売されたものでした。進行にもゆとりをもっていたといっていいでしょう。口絵写真の撮影は、社の写真部員が行いました。独自に連絡をして撮影を終え、私は仕上がった写真を見るのですが、いつもながら、その写真の見事さに感心したものでした。日頃、訪問して見慣れている場所が、カメラマンのセンスで、みごとな撮影場所に変わり、著者の表情もまた違って見えるのです。

私が担当した初めての芥川賞作品は、第七十二回昭和四十九（一九七四）年下半期、阪田寛夫さんの『土の器』です。受賞作と、それまで私がいただいた作品を集め、出版部の萬玉邦夫君が本作りをしました。萬玉君は続く私の担当作品、第七十四回昭和五十（一九七五）年下半期の中上健次さんの『岬』も担当しました。中上さんの口絵写真は、私が撮影した写真が使用されました。写真部員が撮影した写真もありましたが、萬玉君が単行本に収めた写真は、『岬』を書いた直後、故郷の新宮に帰り、親もとで体を休め英気を養っていた頃、私が新宮に訪ねて撮影したものです。芥川賞受賞後の中上さんの写真は数多くありますが、その前の不安と自信に揺れる中上さんの生々しい写真は、私が撮影したものの他になく、それ以後も方々から使用許可を求められ、それは今日も続いています。『土の器』『岬』両作とも、司修さんの絵を使い、萬玉君が装幀しました。この頃から、萬玉君の本作りの感覚は冴え、開高健さんのエッセイ集、藤沢周平さんの作品のすべてを手掛けています。

第九十二回昭和五十九（一九八四）年下半期の木崎さと子さんの『青桐』からは出版部にいて、本作りにたずさわりました。口絵写真は写真部員の検見崎誠君が受賞決定直後の記者会見の折に撮影していた一枚を使用しました。装幀は木崎さんの一族である画家の高柳裕さんに依頼しました。

第九十七回昭和六十二（一九八七）年上半期の村田喜代子さんの『鍋の中』は、私が担当した本です。野田弘志さんの装画、文藝春秋デザイン室の坂田政則君の装幀。口絵写真は九州から打合せのため上京した村田さんを羽田空港に送り、そのロビーで写真部の井上隆夫先輩に撮影していただいた一枚をおさめました。野田さんの絵は、私と坂田君が選び出したものので、勝手に取り扱うわけにいきません。野田さんが旅行中で、使用許可がなかなか取れず二日通い、留守宅の前で藪蚊にくわれながら待ち続けたのでした。実はその頃から「文藝春秋」の芥川賞作品掲載号を売ることも重要だが、単行本も売りたいということで、「文藝春秋」の発売から二週間後からは、単行本の発行に踏み切ることになり、急ぎ本づくりをすることになりました。作業は一週間で終え、製本、そして配本で約一週間という運びです。よって、装幀に手間取るわけにはいかないのです。野田さん宅を一時間おきに訪ねて二日目の夕方、やっと家の灯を見た時、これで本ができたと思いました。

原画の撮影も間に合いません。画集のために撮影した写真フィルムをさがす暇もありません。安易な方法とは知りながら、背に腹はかえられず画集から印刷所の精度の高い撮影装置で版を作り、印刷にかけました。本作りをこれほど短期日で行ったのは、これが初めてでした。製作で最も手間取るのは本文の活字組み版です。「文學界」では、大日本CTS、一般にはコンピューター印刷と言っていた組み版方式に逸早く切り換えて、すべての掲載作品が印刷所でデータ保存されていました。これを取り出し、印刷機にかけると、またたく間に全篇が組み上り、ゲラができるのです。

第九十九回昭和六十三（一九八八）年上半期の受賞作、新井満さんの『尋ね人の時間』も同様にまたたく間に組み上がりました。口絵写真は新井さんの指定で雨宮有三郎さんが撮影された写真を使用しました。実は、その後に厄介なことが待っていました。新井さんには、こだわりがあって第一作品集『ヴェクサシオン』はフランスの画家のディフィーの水彩画を使用していますが、『尋ね人の時間』は、アメリカの画家ディヴィド・ホックニーの作品を指定です。この版権の使用許可を版権交渉のエージェントに依頼し、その許諾の返事で時間を要するのです。

催促の電報を打っていただき許可を取り付けて印刷、そして製本、配本。村田さんの『鍋の中』の二週間とはいきませんが、それでも三週間のうちに発行に漕ぎつけたのでした。ちなみに新井さんの三册目の単行本『サンセット・ビーチホテル』は、やはりアメリカの画家ジョージア・オキーフの絵。これら一連の作品の装幀は、私自身がつとめました。

続く第百回昭和六十三（一九八八）年下半期の芥川賞、南木佳士さんの『ダイヤモンドダスト』は、菊地信義さんに依頼しました。南木さんの第一作品集『エチオピアからの手紙』を作る時、装幀を菊地さんにお願いしたところ、菊地さんは多くの装幀を手がけ多忙をきわめる中、ゲラを読み、深く感じるものがあったようです。それまで幾作か依頼することはありましたが、作品の感想を熱く語り、装幀原稿を渡されたのは初めてのことでした。

菊地さんにとっても南木さんの芥川賞受賞は格別の思いだったようで、二週間で発行する予定で、大至急の装幀入稿というのも、快く応じていただきました。依頼から仕上がりまで、わずか二日間というところでした。こうした気持は、著者に伝わっていきます。南木さんは菊地さんへの信頼を抱くことになります。以後、ほとんどすべての作品が菊地さんの装幀による出版となり今日に至ります。菊地さんは、仕事を選ぶ方です。したい仕事としたくない仕事があるようです。南木佳士作品は、したい仕事、ゲラを読むことから楽しみにされるのでした。南木さんが、毎回、いい内容の作品を世に出す、稀な作家であることを菊地さんは知っているのです。

私は文藝担当編集者として、松村善二郎、西永達夫、豊田健次、阿部達児の諸先輩のもとで働きました。出版部へ異動した当初は、松成武治先輩と席を並べ、本作りの手ほどきを受けました。松成先輩は「文學界」編集部にいたこともあり、円地文子さん、宇野千代さんに信頼され、いい仕事を数多くされていました。実は中里恒子さんの作品も青山二郎さんの装画で気品のある単行本に仕立てていましたが、或る時から、この中里恒子さんの担当を私がするようになって、その最期までのつとめをしました。私も一所懸命につとめましたが、松成先輩が作られた中里さんの『時雨の記』は、とうていおよばない本と受けとめていました。

いまひとつ、松成先輩を羨ましく思ったことがあります。柴田翔さんの『されどわれらが日々――』の担当をつとめていて、その累計刷り部数が百万部に到達する日がきました。このような大部数の出版を記念して、当時、著者に特装本を作りお贈りすることが慣例になっていました。その特製本が製本屋から松成先輩の許に届いた時、私はたまたま居合わせて、掌に受ける機会を与えていただきました。さほど束《つか》がある本ではありませんが、ずしりとした重さを感じたのでした。羊皮の三方金の仕立てです。私も、いつか百万部を超える作品を担当し、著者にこのような特装本を届けたいと思いました。山崎豊子さんの『大地の子』の五百万部に達する作品にはあやかれましたが、芥川賞に関しては、特装本をお届けするほどの作品との出会いはなく、出版部の現場を離れました。

ただ一度だけ、嬉しい例外があります。木崎さと子さんの『青桐』を担当したときでした。製本を担当した大口製本の社長が、この作品に感じるところがあり、羊皮を濃紺に染色して表紙にはり、天地小口を金で塗って特装本を作りました。それを、著者の木崎さん、出版発行人の西永先輩、そして担当者である私に贈呈いただきました。百万部には達しないものの、それと同じ評価をいただいたようで、私はこの一冊を大切に書架におさめています。

話を戻して、「文藝春秋」の増刷について知ったこと、経験したことを書きます。

昭和四十三（一九六八）年の上半期第五十九回の芥川賞は、大庭みな子さん『三匹の蟹』と丸谷才一さんの『年の残り』でした。決定発表の「文藝春秋」九月号は好調な売れ行きとなり、書店の注文に応じ切れなくなりました。そこで異例の一万五千部の増刷を決定しました。このあたりのところを『文藝春秋七十年史』が記しています。

「雑誌の増刷は、利益がほとんどない上に、店頭へでるまで一週間以上をみなければならない。しかし、読みたいという読者への義務は果たすべきである、という論がこれを決定づけた。八月十九日、朝日新聞社会面に左のような小さな広告がでた。」と記し、広告の版下原稿を転載しています。(左図参照)

ちなみに、この広告を書いたのは、後に社長となった澤村三木男営業担当役員でした。歌舞伎の澤村家の御曹子で、梨園での名跡を継がず、出版界に入った異色の人といわれていました。広告には、思いなしか、その流れを感じます。広告は、なんとも大時代《おおじだい》なキャッチフレーズで、社員の多くが鼻白みましたが、人々の関心をよびました。そして、売れ行きにつながりました。

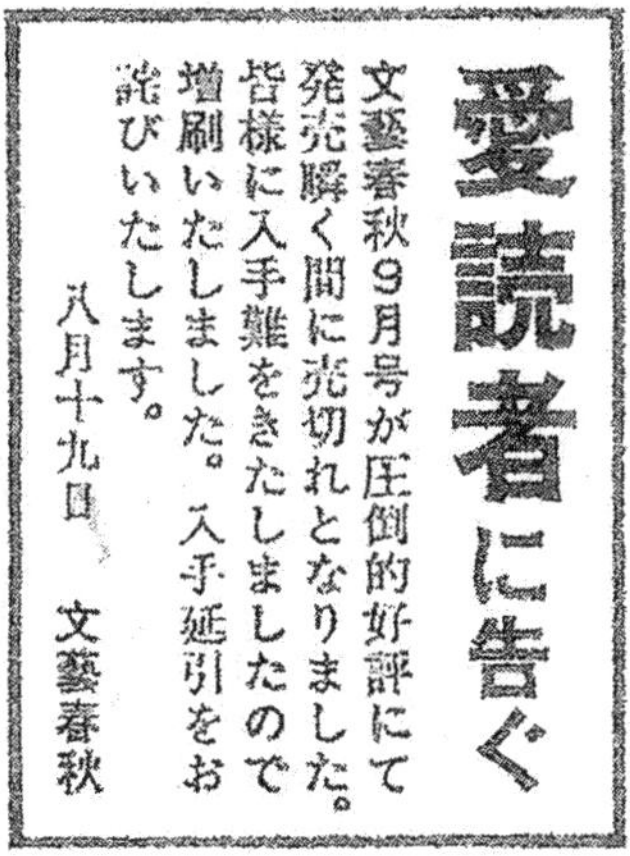
愛読者に告ぐ

文藝春秋9月号が圧倒的好評にて発売瞬く間に売切れとなりました。皆様に入手難をきたしましたので増刷いたしました。入手延引をお詫びいたします。

八月十九日　文藝春秋

同じ「文藝春秋」で昭和四十九（一九七四）年十一月号は「田中金脈特集」で大反響、売り切れ状態となりました。立花隆さんの田中角栄研究は、田中角栄の総理大臣失脚へとつながる調査報道の先駆けというもので、多くの方が読みたいと思っても「文藝春秋」十一月号は、増刷をかけないで終りました。なぜしなかったかの理由が、社員の間でもいろいろ取り沙汰されましたが、誰も知りません。ただ総理大臣を引きずり降ろして、その上なお増刷するというのは「道義にもとる」という意見が最も大きく言われました。

雑誌の刷り部数を毎号伸ばす、これは雑誌の編集者にとっては最高の評価です。編集者冥利というものです。編集内容が読者に支持されて読者がふえる、これはかつての花森安治さん編集の「暮しの手帖」に典型的な例を見ることができます。一万部から始めて百万部をうかがう雑誌に仕上げたのです。

私が側で見ていた例では、「週刊文春」の昭和五十九（一九八四）年一月二十六日号から始まった「疑惑の銃弾――涙をしぼったあの事件に衝撃の新事実！」です。いわゆる「ロス疑惑」を七回続けて掲載しました。大反響を呼び、この間の返品率はわずか六パーセントというこれまでにないものです。この時、回を追うごと「週刊文春」は十万部ずつ刷り部数を上げていきました。商業出版は、広告を入れて得た広告料で製作する。売れ行きによって異なる実売ですが、そこからの利益は確保して会社の経営を確実なものにする、というやり方をしています。広告料は発行部数によって決められ、三カ月契約、半年、さらに一年間の契約を結び、代理店が入稿作業をします。当初に料金設定がなされているのです。五十万部なら一頁がいくらの値段。二分の一の広告ならいくらいくらになる、という具合です。この料金は決まっていますから、毎回十万部ずつ部数を上げているからといって割増料金をいただくというわけにはいきません。

花森安治さんの「暮しの手帖」には、この問題はありません。すべて実売主義です。先の「文藝春秋」の増刷を語るときに、利益がほとんどないとの文章を引用しました。ほとんどどころか、増刷分の広告は無料で印刷している訳で、それにかかる用紙代、印刷費は利益を喰《は》んでいくことになるのです。

雑誌経営の最も健全な形は、花森さんがしたように、広告を入れないで編集し、実売主義で通すことです。これであれば記事内容でスポンサーを気にしなくてすみます。「一清《いっせい》、これができたら最高だよな」ともらした、社長であり、私が編集を学んだ池島信平さんのことばが、耳に残ります。池島さんは花森さんを、編集者として敬愛していました。この経営方針だから、あの「商品テスト」が可能だったのです。次はどんなに売れても、決めた発行部数を完売して増刷しないことです。雑誌の増刷は、読者の求めに応じる上でのことではありますが、社員の士気を高め、業界の一部の者をあおる作用はあっても、経営的には利益には魅力の乏しいことなのです。

よく売れる雑誌になったということで、年度の変わり目に広告料の料金設定を改めることはしばしば行われました。といって限度があります。ある金額を超過すると、違う媒体で広告するのが効果があると選択されるようになります。

ＮＨＫ大河ドラマに作品が原作として使われるのは、出版社としても、ありがたいことです。大きな部数が計上され、利益がもたらされます。しかし、この幸運をどう捉えるか、一度でもこの大河ドラマの原作を売ったことがあるかないで、大きな差が生まれてくるのです。

大河ドラマが始まって、ものの一カ月ほどした二月節分あけの頃、次の年の大河ドラマが発表されます。そのドラマが始まって五、六回というところで、次の年のことが話題になる。こうなると大河ドラマの原作本の売れ行きは落ちるのです。といって次のものがとって代るかというとそうではありません。秋もふけ十一月頃になると、来年の大河ドラマの撮影風景などが放送され始めます。その頃から原作本が、動き始めるのです。原作がない場合、ＮＨＫ出版がシナリオから小説化した、いわゆるノベライゼーションの単行本を売り始めます。本が動くのは、その十一月中、下旬から年を越して二月初旬、せいぜい中旬までです。

このことを思い知らされたのが昭和六十三（一九八八）年の『武田信玄』の場合です。中井貴一が信玄役を演じました。それが好評で視聴率も上がりました。これを好感して版元、すなわち文藝春秋は増刷につぐ増刷、五月の連休は『武田信玄』を読んで過ごす人が多いだろうと、そのための増刷をして備えました。ところがすべて見込み違いに終ったのです。多くの返品を抱えることになりました。出版界は刷り部数に印税が支払われます。いまはいろいろ率が異るようですが、あの頃は十パーセント支払いました。相当な金額が原作者に支払われました。

作者の新田次郎さんはその頃すでに他界しておられましたから、しかるべき方々に渡り、その多くは財団法人（公益財団法人）新田次郎記念会に納められ、新田次郎文学賞の資金となったとうかがいました。

テレビドラマ化、また映画化されて本が動くことは稀です。もちろん山崎豊子さんの『大地の子』のように大成功といっていい結果をもたらすものは、確かにあります。しかし、ほとんどが原作を改悪してしまい、それも多くがドタバタ喜劇風にしてしまい原作が持つ味わいが失われていくのです。私の係った作品では久世光彦プロデューサーにくどかれて、佐藤愛子さんの『血脈』のドラマ化の承諾を取りつけたのでしたが、これが見るに耐えないものになって放送され、私は多くの人から顰蹙《ひんしゅく》を買うこととなりました。

映像化をめぐって、不思議な体験をしました。第九十七回昭和六十二（一九八七）年上半期の芥川賞受賞作、村田喜代子さんの『鍋の中』が発表された「文藝春秋」九月号が発売された八月十日のことです。その日の朝十時過ぎのことでした。劇作家の飯沢匡さんが訪ねて来られました。「作品を読みました。戯曲にするお許しを得て欲しい」と、村田さんへの許可願いを話されました。福岡県に住む村田さんは、私にすべてを任せていて、私が対応するよう決められていたのです。真夏の強い陽光の中、飯沢さんは身を正し蝶ネクタイをあてて、とても鄭重な申し入れでしたから、村田さんにお受けすることをすすめる連絡をしました。

それから二カ月が過ぎた頃でした。『鍋の中』の映画のことで契約書にサインをもらって欲しいと電話がかかってきました。うかがうと黒澤明監督の家族の方とのことです。「初耳で驚いていますが」と言いますと、「父が映画にすると決め、準備にはいっています」。すでに話し合いは済んでいると言わんばかりです。後になって知るところですが、黒澤明監督に会った文藝春秋の役員のひとりが、その意向をうかがい、有難いことです、すべて黒澤監督の思いのままになるようにします、と口にしたようです。

作品はハワイに住む祖母の弟に会うため親たちが出かけ、四人の孫が山里の祖母のもとで過ごすひと夏を描きます。八十歳で元気な祖母ですが、しばしば変化する記憶は、どこまでが本当で、どこからが嘘かわからず、孫たちは翻弄され、まるで祖母のかかえる鍋の中で煮立てられているように思えるのです。十七歳の少女を主人公に、ユーモアをたたえた物語ですが読んでいると老いた者が、このような孫との日々があれば、どれほど嬉しいことかと思える気持になる作品で、飯沢匡さんも黒澤明さんも、引き込まれていったのだと思いました。

村田さんに取り次ぐと、「大事な娘を嫁に出す親の気持になって交渉してください」と一言口にしました。

『八月の狂詩曲《ラプソディ》』と題が付けられ、映画は完成しましたが、物語は原作とはまったく異なるものにされ、村田さんも私も、唖然としたものでした。私は東京会場で、村田さんは福岡会場で試写を観て、村田さんに率直な感想を綴っていただき、私は編集を担当していた「別冊文藝春秋」第百九十六号に掲載しました。題名は『ラストで許そう、黒澤明』。暴風雨の中、祖母が傘を飛ばされながら進む最後のシーンは印象的でした。とはいうもの、村田さんは『鍋の中』でそのような情景は書いていないのです。

それから数ヵ月経って、原作者の村田さんの感想文が掲載されているとうかがった。是非読んでみたい、と主演のリチャード・ギアから手紙が私の許に届きました。私はさっそく掲載誌を送りましたが、受け取ったとも、読んだともありませんでした。

映画化の契約を済ませると、黒澤さんの事務所から、すぐにまとまった原作料が支払われました。後でうかがうと、村田さんのご主人の経営する会社が厳しい状態のときで、「お金は役立ちました」とのことでした。

もちろん、成功した作品もあります。その例として、私は一も二もなく宮本輝さんの『泥の河』小栗康平監督の映画を上げます。脚本家の重森孝子さんの作品への読み込みは深く、「行間を読む」とはこのことと思えて感心するのです。

増刷ということでは、先にのべた『大地の子』は、私にとって忘れられないもので、毎日のように増刷の通知を山崎さんにお届けできたことは、私の生涯の思い出です。『大地の子』は、NHKのテレビドラマの成功に助けられ、放送が始まる前までに既に二百万部を売り上げていましたが、私が担当するようになってさらに二百五十万部の売り上げをしました。山崎さんも時々電話をくださって「何んぼになった」と部数を確かめられました。

山崎さんは『大地の子』と『二つの祖国』『不毛地帯』の戦争三部作と称する本の印税を「一般財団法人山崎豊子文化財団」に寄付し、残留孤児の子弟の教育資金にあてておられたのでした。

増刷のことで私に忘れられない思い出があります。平成八(一九九六)年二月十二日、司馬遼太郎さんが亡くなりました。私はこの時、文春文庫の部長として働いていました。仕事のひとつに、文庫の増刷決定伝票へのサインがあります。司馬さんの作品を数多く預っています。それらにそれぞれふさわしい部数の増刷をかけることにしました。何枚の書面にサインをしたことでしょう。営業部へ回す前に急ぎ電算器で足し算をしてみました。合計の部数は二百五十万部になっていました。一日に、しかも一度に二百五十万部を超える増刷を経験できた出版編集者は、私の他にはないと思います。

話がいろいろな所へ行ってしまいますが、ここでまた、又吉直樹さんの『火花』を担当した浅井茉莉子《まりこ》君のことを記します。浅井君は、私より四十歳も若い昭和五十九（一九八四）年、北海道に生まれました。札幌西高校、早稲田大学第一文学部英文科卒業です。実は家族の知人に戸沼禮二という人がいました。戸沼さんは札幌の広告企画会社を経営していて、かつてその会社で第百回昭和六十三（一九八八）年下半期の直木賞『熟れてゆく夏』の筆者藤堂志津子さんも働いていました。戸沼さんは、札幌の精神科医で、小説を書く寺久保友哉さんの親友でした。寺久保さんと編集者としての私のことを、そして作家とその作品に係る、札幌にはいない文藝編集者のことを、浅井君の家族に話されることもあったようで、それは浅井君に伝わり、編集者の仕事の一端に触れたようです。

以上は戸沼さんからうかがった話です。私を励ましてくださるため、戸沼さんが上手なお話にされていたとしても、私のしたことが伝わって、ひとりの編集者が生まれたと思うと面映い心地がします。私は浅井君が文藝春秋の社員となった年に会いました。「頑張ってね」と口にしましたが、もっと気の利いた言葉がどうして言えなかったか、今も悔いが残るのです。

六、受賞式の表裏

初めにお断りしておきます。特にこの章で頻出する「授賞」と「受賞」には、これまで通り使い分けに意味合いを込めています。また、「受賞式」と「贈呈式」に関しては、言い方を変えているだけで、内容に違ありません。

受賞決定の知らせを受けて、記者会見場にあらわれた受賞者を迎えるのは、いつも幸運の風をうけるようで、快いものでした。

日本文学振興会の事務局長として、受賞者への連絡をする立場となるまでは、担当した作品で受賞に至らなかった作品を書かれた方に、「今度は残念な結果となりました」とお知らせをする役をつとめました。担当者のいない同人誌発表の作品の筆者にも分担して、連絡役をつとめました。これは文藝春秋の社内にいて、受賞者決定があると直ぐに電話機に向いました。決定発表がニュースとして報道される前に伝えるべきことにしていました。

あっさりと「わかりました」とか「そうですか」と言って電話を切られる方が多いのですが、中には「どなたに決まりましたか」と問われる方もあります。また稀なことですが、

「どうしてですか」と返答に困る問いかけをされる方もあります。

　私のようにこれまでの歩みの中で、幾度か挫折したり失敗したり苦杯をなめた者は、このような時の受けとめ方、耐え方を知っていますが、中には受験も失敗したことがない、学校も優等生だったという方、特に医師で小説を始めた方の場合、初めて受験して不合格にされた思いにでもなるようで、この方々から「どうしてですか」をしばしば聞かされるのです。「仕方ありません。そういう結果が出て、その連絡です」と申し上げるほかないのです。ここで「至りませんで」など言おうものなら、選考会に裏があるのかと思われることになり、不用意な発言をしてはなりません。「審査は絶対公平」。たとえ根回しや下工作などしたところで、十人からの先生方を籠絡することはできません。無記名の投票なら考えられなくもありませんが、言葉を尽して論議した上での決定です。ましてや言葉をもって生業とする先生方です。すぐに突っ込まれてしまいます。

　かつて、受賞者をめぐって「誰と誰がおしましたか」と執拗に知りたがる出版社の編集者がいました。単行本の新聞広告に、選考委員の言葉を入れるための情報集めとうかがいましたが、それだけの理由ではなさそうでした。その時は、「選評をご覧になったらわかります」とだけ答えました。この出版編集者は、或る意味で有能な方ですが、その能力、才覚は文藝担当の編集者には通用するものとは私は思いませんでした。この方が、一時期、私が会う新人作家のもとを追いかけるように訪ねていました。私が続けて幾人か受賞作家を世に出していた頃のことです。たまたま二人になったところで、文藝担当の編集者のあり方を問われた時、ひたすら原稿を読み、作品を理解すること、これがすべてと話したことがありました。いろいろ邪《よこしま》なことが罷り通る世の中ですが、それであって唯一、真っ当なことが、そのまま通るのが文藝の領域だと信じています。だからこそ、その中の事業のひとつ芥川賞・直木賞の選考に生涯をかけ、私は一所懸命になったのです。そうでなければ、私はつとめなかったでしょう。もとより、賞そのものも消えてしまっていたことでしょう。

新喜楽での記者溜り報道関係の記者が、経過発表の取材を終えて、会見場へと移動してから記者会見は始めます。東京とその周辺に住む受賞者は、ほぼ一時間で到着しますが、遠く離れた地におられ、勤めをされている方の場合は、地元での会見になります。

第八十八回昭和五十七（一九八二）年下半期の芥川賞は、唐十郎さんの『佐川君からの手紙』、加藤幸子さんの『夢の壁』二作が受賞作と決まりました。この回には「文學界」の編集者として担当作品も候補に上っていましたが、新喜楽での芥川賞の選考会場で陪席していたこともあり、新喜楽の中にある公衆電話で残念な結果を知らせ、私は記者溜りの経過説明に立会うことなく、東京會舘の記者会見場に向いました。誰よりも早く私は会見場に着き、関係者の席が置かれているパーテーションで仕切られたコーナーに入りました。しばらくして、そこに受賞者の唐十郎さんが見えたのです。

「おめでとうございます。新喜楽にいる記者たちが移動し、いまひとりの加藤幸子さんもお見えになって会見が始まります。いましばらく待ってください」とお願いしました。

唐十郎さんは落着いておられ、スーツ姿の身を崩すこともなく白布のかかったテーブルで私と向い合って坐っておられました。静寂に耐えられなくて、私は口火を切りました。

「先ほどまで選考会の会場にいたのですが」と言って、いささか逸脱行為かなと思いながらも、安岡章太郎さんが、「人間の肉を食べた青年のことは作家なら誰も関心を持つものだが、しかし、我々には書けないんだよな。若い感性でないと捉えられないんだよ。やられたなと思ったね」とおっしゃったことを私の言葉にして話しました。しかし、唐さんは「あっ、そうですか」と短かく返事するだけで、選考会の様子をさらに知ろうともされず、静かに時が過ぎるのにまかせていました。

選考会場での安岡さんの発言は、そのあと、唐十郎さんの人物論にも及ぶもので、「状況劇場」を主宰し、あの世界、浮ついた者が多いなか、よくやってるよ、大人だよなどと、話されたのですが、もちろん、このようなことまでは唐十郎さんに告げることはありません。

しばらく二人は黙ったままで、記者会見の用意が整うまで待機したのでした。このように静かな新受賞者に会うのは初めてでした。安岡さんの言葉の通り、唐さんが大人だとつくづく感じたのでした。

記者会見のあと、編集者の者たちが「祝杯を上げましょう」心あたりの店に連れ出します。私は酒が全く飲めませんから、自ら誘うことはありませんでした。連れ立って出かけても、途中で別れて家路につきました。担当作品が受賞と決まった夜、一人帰る夜道は喜びが胸にこみ上げ、人がいないのを幸い、ほくそえんだりするのです。そして、気づくと、「終った」と「これからだ」の矛盾する二つの言葉をつぶやいているのです。

記者会見場にあらわれた第七十四回昭和五十（一九七五）年下半期芥川賞の中上健次さんの一部始終は強く記憶に残ります。あの頃は、新橋の第一ホテル新館ロビーを使っての記者会見でした。受賞の知らせを待つ間、中上さんは古山高麗雄さん、東京新聞記者の渡辺さんたちと酒場で過ごすことになりました。不安と焦燥を消すためあびるほど酒を飲み、会見場にあらわれた時は、泥酔していました。両者に肩を担がれていました。古山さんも酔っ払っていて、「みなさん、中上健次をお連れしました」と大声を上げます。顔を上げ様子をうかがった中上さんは会場の隅に立つ私の姿を見つけると駈け寄ってきました。私の胸に顔をあて、ひとしきり泣きじゃくり、「うれしい」と繰返しました。少し落ち着きを取り戻して「一清さんが、初めて俺を人間あつかいしてくれた」と小さな声で言うのでした。

中上さんは「路地」という言葉を使って自らの出自のことを話す日がありました。いわれなき差別で、いじめ抜かれた身の上でした。私の「この世界は公平、出自も学歴も問わない、作品がすべてです」と言うのを聞き、この道を進む気持をかためたというのです。「一清さんに出会わなければ俺も永山則夫のようになっていたかも知れない」ともらすこともありました。予備校生だった頃、学校には行かず、新宿の喫茶店に屯《たむろ》していた中上さんは、その店で後に連続殺人事件を犯す永山則夫と、しばしば居合わせていたのです。「書いたら持って来て、読むから」との私の言った言葉から作家中上健次が始まったのかもしれません。

「さあ、記者のみなさんが待っています。質問に答えてあげてください」と用意された椅子にかけさせました。それからほどなく記者の一人が「土方作家」と口にしたことから、中上さんが「何言ってんだ」と言い返し、険しい雰囲気の会見となりました。記者は「そう言われることをどう思うか」と尋ねたのですが、中上さんは前後の言葉は耳にはいらなかったようです。記者が自らの見解を言わず、このような遠回しな問いや伝聞を使って質問する方法は、この頃に始まっていたのでしょう。自らの問いをしてほしい、との中上さんの苛立ちだったのです。

この第一ホテルのロビーでの記者会見で、ほほえましい情景も目にしました。第五十八回昭和四十二（一九六七）年下半期芥川賞の『徳山道助の帰郷』を書いた柏原兵三さんの会見でのことです。並みいるカメラマンの中に、かつて写真好きの少年たちが手にした蛇腹付きの写真機で、新受賞者を撮影している青年がいました。横から押され、後ろから迫まられ小さくなって蛇腹の先端に付いたシャッターに指をかけていたのは、兄の晴れ姿を写す、柏原兵三さんの弟さんでした。

第六十六回昭和四十六（一九七一）年下半期の芥川賞は、東峰夫さんの『オキナワの少年』と李恢成さんの『砧を打つ女』でした。東峰夫さんは「文學界」の若い編集部員と文藝春秋の近くの居酒屋で、受賞の知らせを待ちました。当時、私は「週刊文春」編集部のグラビア班で働いていて、急遽、東峰夫さんと李恢成さんの新芥川賞作家特集を編むことになりました。社を出る時、グラビア頁の半分を使う特集となると泊りがけの取材になると思い、バッグの中に洗面具を入れていました。

居酒屋での通知を聞いた直後の写真を撮ったカメラマンは、次の写真撮影は日雇いに出かける日と決めて社に戻り、その晩はグラビア頁ながら人物紹介の文を記すこともあって、記者会見の後、私は東さんのアパートに同行したのです。立川市郊外の一角に建った木造アパートの一部屋に住んでいました。炬燵でわずかに眠りを取った早朝のことでした。銀行員が訪ねて来ました。これから印税が入ることとなるので、ぜひとも口座を開いて欲しいという勧誘でした。新人の小説だと三千部、四千部というところでしょうが、芥川賞受賞となると少なくとも五万部六万部の初版部数で始まり増刷も万の単位が期待できます。かなりな金額は見込めますから当然の働きかけです。

次の客は、町の教育委員会の方でした。「わが町の誉れです。一度講演を」と言って帰りました。こういう時、手渡されるのがおよそ「ジョニクロ」といった、ウィスキーのジョニーウォーカー黒ラベルの品でした。これはいつか紅白のワインに変わります。

訪問者は続きます。続いて電報配達でした。これで終りかなと思っていたところ、花屋の配達でした。東さんは「文學界」新人賞を受賞し、引き続いて芥川賞の受賞となり、他の出版社や編集部との付合いはまだ始まっていませんから、花の届けは東さんの沖縄の親しい方だけで終りましたが、これが活動が何年も続いて、知り合いの編集者、出版社がふえると、それはおびただしい数の花の贈り物となります。以前はシンビジウムがほとんどでしたが、いつの頃からか白の胡蝶蘭に変わりました。花の贈り物を嬉しいと思うのはせいぜい四鉢か五鉢までで、十も二十も届くと辟易します。隣り近所に差上げておられた方もありました。

東さんは週三日間、日雇いに出て、重労働し、眠れるだけ眠って、次からの二日間執筆に没頭。その次の日は三日間の重労働にそなえてたっぷり休んで、仕事に出かけるという習慣を守って暮らしていました。この東さんの出版部の担当も萬玉邦夫君で、受賞作の記念出版と、いま一冊、本づくりをしましたが、それ以後、出版は絶えました。私も「週刊文春」のあと「文學界」編集部に戻り、わずかな知り合いの編集者として連絡を交し合いましたが、住いが港区に移ってからほどなく、郵便物も転居先不明で戻されるようになって、以来行方がわからなくなりました。

話を、また受賞決定後に戻します。東京會舘での記者会見に家族四人で自転車であらわれたのは、第百二十六回平成十三（二〇〇一）年下半期の直木賞受賞『あかね空』の山本一力さんとその家族です。江東区新砂の自宅から隅田川を渡り、息子さんたち二台の自転車を前と後で夫婦の自転車が守り、銀輪を連ねて来られました。さすがに記者会見の終りの頃には息子さんたちは眠くなってしまい、帰りは自転車には乗れなくなり駐車場に置いて帰宅、翌日引き取りに行かれました。東京會舘にはいろいろ世話になりましたが、受賞者の自転車の預りを頼んだのは初めてのことでした。

受賞決定の知らせ、記者会見の夜が明けて、受賞者には次の日の昼下り文藝春秋に来社いただき、日本文学振興会の理事長である文藝春秋の社長に引き合わせました。私の仕事は、受賞式への招待客名簿作成の頼み、受賞作の「文藝春秋」への転載についての承諾、そして「受賞のことば」の依頼です。この「受賞のことば」は、「文藝春秋」の受賞作品掲載の時、合わせて掲げます。「受賞のことば」を改めて読むと感慨深いものがありますが、第百六十一回令和元（二〇一九）年上半期芥川賞の今村夏子さんにはありません。これは初めてのケースです。

これまでの「受賞のことば」の中から三人の場合を紹介します。第三十九回昭和三十三（一九五八）年上半期芥川賞大江健三郎さん。受賞当時二十三歳、東京大学の仏文科在学中でした。

〈連帯の感情　大江健三郎

ぼくは日本散文の正統な美しさと力強さを信じていますが、フランス文学の教室で渡邊一夫教授をはじめとする先生たちと、優しい友人たちのなかにいることを、最も幸福に感じるものでもあります。

そして、ぼくにたいして終始、真摯な人間的態度を維持していただいた編集者たち。これらの人々、善き人々の協力と、かれらへの連帯の感情なしには、ぼくはどんな仕事もできなかったでしょうし、今後も事情はおなじです。

ぼくはここで、かれらへの感謝をあきらかにしたいと考えます。そして、ぼくがその好意にこたえるためにとる責任をも、また。

夏休がはじまったので、ぼくは冬にかけての長篇の書きおろしをはじめます。したがって、編集者の方たちに今年いっぱい殆ど他の予定を組めないことをお知らせしておきたい

と思います。〉

最後の一文に関しては、当時の文壇関係者は、いかにも若い人らしいと受けとめていたとうかがいます。

次は、第七十四回昭和五十（一九七五）年下半期の芥川賞中上健次さんの「受賞のことば」です。中上さん当時二十九歳でした。

〈受賞のことば　中上健次

言ってみれば、書きたくてしょうがなかった小説だった。ずいぶん昔から、まだ力がない、まだ駄目だ、と、はやる腕を、筆を、おさえてきた。書きあげて、ゲラ刷りになった小説を読んで、ぼくは、一人、部屋で泣いた。暑いさかりだった。よく、いままで、じっとがまんしてきたと、自分の、小説家としての勇気を、汗のような涙で、慰めた。その小説が、芥川賞をいただいた。

力を貸してくれたすべての人々に、感謝したい。死んだ人と生きている人の、激励の声を、ぼくは、いま、耳いっぱいに聴く。声に、はじらうことも、すくむことも、てらうこともなく、小説家として、しっかり、大地に立ちたい。そして一刻もはやく、あなたの、一等幼い子供が、この現世の大人《たいじん》たちから、小説家として認められましたよ、と、故保高

徳蔵先生に、報告に行く。うれしい。〉

末尾に記される「保高徳蔵」は自身も小説を発表する作家ですが、後輩たちに作品発表の場を作ることに尽力しました。「文藝首都」といって会員組織の発行誌で、編集委員たちの合議で作品掲載を決めるとうかがいました。私はこの「文藝首都」に係った方の幾人もの方と出会っています。中上さんと夫人のかすみさんの他に、芝木好子、北杜夫、林京子、勝目梓、津島佑子、新井満のみなさん。それにしても、自らも書き、またそれと同じ情熱で後進の活動を支えていたのです。かつての文士と今日の作家との違いを感じます。これは「文藝首都」のみならず、丹羽文雄さんは「文学者」を発行し、後輩作家、評論家に発表の場を提供しました。ここからは、瀬戸内晴美（寂聴）、河野多恵子、吉村昭、津村節子、新田次郎、秋山駿、大河内昭爾のみなさんが育っていきました。この他にも、名古屋には小谷剛さん主宰の「作家」があり、独自の方法で同人雑誌に発表された作品から選び出して「作家賞」を贈っていて、これは今も続いています。

変わったところで、編集者のために勉強会を開いてくださる作家もおられました。藤原審爾さんの「藤原学校」は、各地に出かけ、その旅先の宿で講義を受けるのです。「神戸新聞」を退社間もない内橋克人さんの経済学は、四十年経った今も鮮明に記憶しています。今日の作家で、伊集院静さんも編集者の勉強会を開かれていて、私は話者として呼ばれ、「成城だより」を担当して知った大岡昇平さんの作家としての好奇心、知識欲など語る機会を与えていただきました。

話を「受賞のことば」に戻します。私が受け取って、驚きを隠せなかったのは、平成十二（二〇〇〇）年上半期の直木賞『虹の谷の五月』を書いた船戸与一さんの文章です。全文が出身地である山口県の「長州弁」で綴られていました。

〈受賞のことば　船戸与一

考えてみりゃ小説家デビュウしてもう二十年以上経つんよ。そろそろ離れの隠居部屋で炬燵《こたつ》にはいり蜜柑《みかん》でも食うちょれと言われそうな気配がしちょったんじゃが、まだまだ広間の宴会に出て騒いでもええちゅう申し入れがあった。同時受賞の瑞々しい感性の持主・金城一紀はぴっかぴかでぱりっぱりのニュースターじゃが、こうなったら古狸のわしも酒掻っ食らい、手練手管使うて唄いまくるど。踊りまくっちゃるど。見ちょれ、見ちょれよ。〉

新受賞者との打ち合わせをすませると、私の次の仕事は、アメリカのプリンストン大学に研究のために行っておられる大江健三郎さんに、前日の結果発表と経過を報告する手紙を認《したた》めることでした。芥川賞選考委員を辞して渡米したいとおっしゃるところを、慰留して「欠席」の扱いをさせていただいていたからです。差し出した手紙に、多忙な中、丁寧な返事をいただきました。それには、私の手紙を読んでいると、かつて新人として小説を書き始めたころの、高揚感がよみがえると書かれていて、嬉しい気持になったものです。しかし、私が帰国されたら、また芥川賞の選考をお願いしたいと綴ることには、はっきりと、委員を続ける意思のないことを告げられるのでした。そして、大江さんより若い世代の二人の名前を記し、ぜひとも選考委員になっていただけるようにと、書かれていました。大江さんの辞任の意思は固く、次の手紙でも繰返し書かれていて、慰留は無理と判断したのでした。

授賞式に向けての準備が始まります。正賞は懐中時計です。一時、オメガの腕時計にしていましたが、昭和六十（一九八五）年頃から懐中時計に戻しました。銀座和光時計部による特製品で、残りの在庫が少なくなった頃、加工する職人が定年を迎えるということで相談され、数十個を作り足しました。それを機会に私は縁取りのデザインを、菊と百合の花弁の図柄と提案して、取りいれていただきました。

時計に関して「当惑した一事がある」と永井龍男さんが『回想の芥川賞・直木賞』に綴っています。

第八回昭和十三（一九三八）年下半期の芥川賞に中里恒子さんが『『乗合馬車』その他』、で受賞が決まった時、正賞の懐中時計に女物のないことに気づいて慌《あわ》てたということです。
「単に女持ちの時計というならば、それほど気を揉むことはなかったが、時計の裏面に、
『第○回芥川龍之介賞
　贈　○○○○君
　昭和○○年○月
　　日本文学振興会』
と、これだけの文字は刻み込まなければならない。女持ちだからといって、小さ過ぎてはそれが出来ず、当時は時計の種類も至って少なかったので、受賞決定の翌日から数店をまわって歩いた記憶がある。」と書かれています。私がその時計の現物を目にしたところの記憶では、やや大ぶりの腕時計の周りに銀製のレリーフを付けて豪華な机上置時計風の趣きの時計になっていました。
なお、戦争が深みに入ると、昭和十七、十八（一九四二、一九四三）年には外国製の懐中時計の輸入が止まり、やむをえず河井寛次郎さんに依頼し陶硯を製作していただき正賞として贈られました。また浜田庄司さんの壺が贈られたこともありました。その時、もし時計がご希望ならば戦争が終ったら、必ず別にお渡ししますと、お一人お一人に伝えたと、永井さ

んは先の回想記に書かれています。実際、戦後昭和二十八（一九五三）年になって、第十九回、二十回の受賞者である小尾十三《じゅうぞう》さん、八木義徳さん、岡田誠三さん、清水基吉さんには改めて時計が贈られたと永井さんは記しています。永井さんは触れていませんが、その前の第十七回昭和十八年上半期芥川賞の石塚喜久三さん、第十八回同十八年下半期の芥川賞東野邊薫さん、直木賞の森荘已池さんも当時は正賞として壺を渡され、後に時計の追贈を受けています。

贈呈式で渡すものは、目録と正賞の時計、副賞の賞金です。賞状はありません。「目録」も、

〈　記
一、賞　時計
一、副賞　百萬円
第〇〇回芥川龍之介賞（または直木三十五賞）トシテ右ノ通リ贈呈シマス
令和〇年〇月〇日
公益財団法人　日本文学振興会
〇〇〇〇君　〉

とあるのみです。呼称は男性女性も「君」です。この目録を三つ折りにして熨斗に包み、

式では読み上げたりしないで、包んだまま渡します。これに正賞の時計をケースに入れ、さらに副賞賞金を手渡します。

副賞は現金を包みました。引き続いての懇親パーティーでの賑わいでの紛失事故を危れ、すぐにアテンドの文藝春秋社員が預り、目録、時計とも身から離さず持ち歩くよう頼みました。

中上健次さんの場合、副賞の賞金の袋が空だったのは、賞金を前借りされたからです。なお、その賞金について、現金でなくて、小切手、または銀行振込みにしてくれないかと、経理担当の者から相談を受けたことがあります。私はその方が用心ではあるものの、あまりにも簡略化すぎ、賞の意味合いが薄れるようで、それには同意しなかったのですが、二十年前から、いわゆる「キャッシュレス」の風潮は、こうした賞金にまで及んでいたことに改めて気づきます。

贈呈式の次第は、次に両賞の選考委員の祝辞が述べられ、芥川賞、直木賞の順で「受賞のことば」が披露されます。先に紹介した受賞作品に添えて発表号の「文藝春秋」や「オール讀物」に掲げた「ことば」を繰返されるのは稀で、それぞれ気持も新たに一所懸命に語られます。上気し、言葉が上滑りしている感じの方もありますが、年齢に係りなく、新受賞者のスピーチは生々しいものです。

昭和四十九（一九七四）年下半期芥川賞の『土の器』の阪田寛夫さんの「受賞のことば」を、会場内で庄野潤三さんと並んでうかがいました。庄野さんと阪田さんは、少年の頃から、兄弟のような仲です。この時の庄野さんは、弟が無事につとめ終えるか、文字通り固唾をのんで瞬《まばた》きもせず見守っておられました。終ると、大きく息をして、「良かった」と口にされました。阪田さんのスピーチの間、息を詰めておられたのでした。庄野さんの親愛の情を知らされた忘れ難い情景です。

そうした「受賞のことば」に立ち合っていましたから、私は毎回の受賞者のスピーチにことのほか注意し、耳を傾けました。いろいろな「受賞のことば」がありました。第七十三回昭和五十（一九七五）年上半期芥川賞『祭りの場』の林京子さんには期待して登壇を待ちました。しかし、林さんは「ありがとうございました」と、ひとこと言って壇を下りたのです。投下された原子爆弾で被爆した者として、それをテーマに描く作品での受賞は初めてで、万感の思いがあったことでしょう。とはいえ、この「受賞のことば」は、後々の例にならないで欲しいと思ったものです。

中上さんの贈呈式のあとの懇親パーティーでの吉行淳之介さんとの情景を忘れずに覚えています。選考委員をつとめられる吉行さんですが、贈呈式そして懇親パーティーにはほとんど出席されませんでした。しかし、中上さんの時は、出席されたのです。

「一清《いっせい》、中上を紹介しろよ」とおっしゃいます。お引き合わせすると、吉行さんは左袖口のボタンをはずし、ワイシャツをまくって、腕時計を取って、中上さんの掌にのせました。

「これを見せたくって来たんだ。君ももらったんだ」

吉行さんは中上さんの手に自分の手をそえて腕時計を裏返し、刻まれた文字を、太い声で読んで聞かせたのでした。私は中上さんに文壇にいい兄貴ができたような思いを抱いて、二人を見ていました。

時を少し戻します。

時計、目録、招待者への案内状の発送などなど、準備をしている時に、会場である東京會舘（現在は帝国ホテル）の営業担当者が催しの会場費、パーティーの料理代などについて見積書を持参し挨拶に見えます。記入されている料理の品目、数量、料金をあたります。私が気にかけたのは、夏場の生ものの料理についてです。たとえば寿司は、極力抑え熱加工した料理を多くすることでした。万一、食中毒でも起きたら、私は責任者として辞表を書く気持でいたのでした。

およその入場者数を目ろみ、料理はその七割程度を用意。料理が無駄にならないよう心掛けますが、すべてが空というのも淋しい感じがします。実は、パーティー終了後、残り物を集めて、その日、会の裏方をつとめた社員たちと、ささやかな慰労会を催して散会するのですが、そのためにも少々残りがあると助かるのです。しかし、贈呈式、懇親パーティーを無事に進めてくれた社員たちの慰労会用の料理を残り物でというのは情けなく、いつの会からは作り残していただくことにしました。

当日は入口に押しボタンのついた計測器を手にした会場側の方が立ち、入場者を計っています。その人数が一人いくらの勘定となって、会が終って請求書に記入されて届けられます。私は経理部に、支払いは速やかにして欲しいと、おおよその金額の現金を用意しておくように伝えておきました。選考会場の新喜楽、記者会見から懇親パーティーまでの東京會舘の気遣いは、並々ならぬものがあり、それに及ぶ限り報いたいと、せめて支払いは暇取らぬようにと、心がけたのでした。

第百三十回の平成十五（二〇〇三）年下半期の芥川賞・直木賞、綿矢りさ、金原ひとみ、京極夏彦、江國香織の四人の授賞式、その後の懇親パーティーの参加者は千三百人に及びました。実は招待状を差上げている人数だけでは、この数にはなりません。招待者が連れて来られる方の入場を断るわけにはいかず、名刺や記帳をいただく一応の手続きの上、入場していただく。その数が一人ふえ二人ふえて相当な人数となるのです。これに「招かざる客」が数名、必ず紛れ込んでいるのです。いわゆる「パーティー荒し」といわれる者たちです。東京のような一面虚栄の町にはこの種の者たちがいて、自尊心をすて、恥も外聞もない動きをするのです。身だしなみを整えて「出動」します。まず最初は「ホテル・オークラ」へ。「本日の催しの案内」を見て、日頃の経験から勘をはたらかせて、入口のチェックが厳しくない催しをさがします。その日の催しに、楽に入れそうなものがないとわかると、「帝国ホテル」へ。ここも厳しそうと判断すると、「ホテルニューオータニ」へ、そして「東京會舘」へ。ねらいは、ジャーナリズム関連、特に出版社の催しです。有名人といわれる方の側にいて、その人の連れ、知人を装って会場に入り込むのです。この時いかにも深い付き合いの者であるかを演出する語りかけと仕草は板についた名演技です。

入ってしまうと、それからは好き放題です。きまって「赤のワイン」を所望し、バンケットの女性に寿司を持ってくるよう命じます。度重ねて、この者たちに侵入されて、頭をかかえ、会場側の担当者に相談したことがありました。

「私たちも、それらしき人のことは把握しています。でもお客様次第です。対応されるのであれば方法はお教えします」

ということで、その方法をうかがったこともあります。絶対に多くの方の前で注意したり、事を起したりしないことと言うのです。「私どもで別室を用意しますので、そちらに案内して、この会は招待客のみの会ですから、お引き取りください」と丁寧に対応をするように教わりました。この方法で、招かざる客、パーティー荒し対策に乗り出すべきか、悩んだ末、当時、文藝春秋の社長で、日本文学振興会の理事長だった安藤満さんに相談しました。この時の言葉は、「我慢しろ。我々のような人気商売には、そうした者も寄って来るのだ。君の気持もわからなくはないが、反感を持って、ひどいことをされたら大変だぜ」

何ごとも遺漏《いろう》なく成し遂げたいと思っていた私でした。ゆとりのなさをつくづく感じたのでした。

これも「招かざる客」と同じ、取りようによってはそれよりも劣ると思うのですが、以前、新聞社の文化部にいた人が異動で遠くの支社に変わりました。招待者として東京の「文化部長」宛に郵送することで、以前その立場にいた人にまで招待状は出せません。すると電話があって、「俺にも招待状を寄こせ」とおっしゃるのです。「お立場の方にお届けしています」と言っても聞く耳を持たないのです。揚句に「あれだけ、世話をしてやったのに、忘れたか」と毒付く有様です。結局、押し切られ招待状を出すことにしました。そのこともあったので、私は、その人の出席状況を注意するよう係の者に頼みました。日本文学振興会では、招待者の名簿を持ち、出席、欠席を何年にもわたり記録しています。その人の過去三年、五回の（というのは第百十二回平成六年下半期は、両賞の受賞者なしで本来なら平成七年一月にある会が開かれなかったことによります）出欠を改めたところ、すべて欠席、それも出欠の意向を伝えるハガキの戻しもないとわかったのです。よって、他の無駄な招待状発送の方と同様、次の回からの発送を止めることにしました。すると「そろそろ授賞式だろうが、招待状が届かない」と電話です。事情を説明しても、無駄でした。このような方は、必ず「名を名乗れ」「責任者を出せ」と怒鳴るのです。周囲の者に虚勢を張って見せる、聞かせたい電話ですから、声も受話器からもれるほどの大声です。こういう人の相手をしていると、こちらまでが哀しい思いがして、一日が無駄になります。「当方なりに対応を考えます」と、私は繰返して電話を切りました。知的エリートたちの職場、しかも文化部長という立場にあったような方でも、このように変わってしまうのです。芥川賞・直木賞を見栄を張ることに使うとは決して褒められたものではありませんが、その知名度と価値のほどを思い知らされたものです。

パーティーの品格というものがあります。出されている料理に、キャビアがあるかないか。また、具体的に目に見えるものとして上げられるのは、会場内の飾り付けで、氷の彫刻の有る無しです。パーティーの熱気で溶けて流れるのですが、そのようなものにお金をかけているパーティーというのは、やはり格が違います。宴会場の料理人の腕の見せ所は、この氷の彫刻にもあるのです。いまひとつ盛り花が違いを示します。パーティーが終ると届けられた花を自宅に持ち帰られるか否かうかがい、私どもに処置を依頼されると、当日のスタッフたちの慰労会のあと花束にして持ち帰りました。それが残ると、私は植物を育てる趣味もあり、残った花が処分されるのは忍びがたく持てる限り持ち帰り、自宅で水切りをして花瓶に活けました。ホテル、会場に出入りの花屋によって、扱う花に違いがあります。花も正直に応えます。日持ちの違いは歴然です。

受賞者が決まったその晩から、私の仕事の準備が始まりました。他でもない贈呈式のときの進行アナウンスの練習です。千人を超えるパーティー、しかも立食で行いますから、緊張感をもって臨まないと、会が締まりません。懇親パーティーの前の贈呈式で案内するアナウンスに言い間違いや淀みなどあったら、会場は白らけます。そうならないように司会進行の台本を書いて覚え、帰途の夜道、繰返し暗誦しました。

それでも、会場の設営には気を遣いました。パーティーではウエルカムドリンクを渡します。開場すぐの頃は、そのドリンクの載ったワゴンを中央部で渡します。すると正面の壇のある前の方へと客足が進みます。ワゴンは文字通り車輪付きですから次第に移動し、いよいよの頃は本来の入口近くまで引き下るように依頼しました。初めから入口近くで渡すと正面へは進まず反対の壁側に人は集まり、ここでは知り合いと話し込むこととなるのです。こうなるとせっかくの受賞者挨拶も台無しです。パーティーで司会者が「静粛に願います」など言うのは野暮で、言わなければならないようなパーティーをしてはならないと私は思っていました。パーティーでは「スピーチがご馳走」という考えを高めたいとも思いました。

受賞者も、もっとスピーチに心を入れて欲しいと思い続けて来ました。感心し、録音したテープを聞き直してみたいと思うものは、残念ながらありませんでした。言葉の世界のプロになる方ですが、同じ言葉でも書き言葉のプロで話し言葉の方は得意ではないのかもしれません。

文藝春秋を退職した者には、芥川賞・直木賞の贈呈式、その後の懇親パーティーの案内などありません。例外として、平成二十五（二〇一三）年下半期の第百五十回の時は、記念会ということで、招待状が届きました。招待状がなくても、受付で係をつとめる、かつてともに働いた後輩たちに頼めば、拒むことはないと思うものの、やはり「招かざる客」には違いなく、足を運ぶこともなく今日に至ります。とはいうもの、この受賞者には会っておきたいと思うときがありました。実は、私はつい先ごろまで、松江市で、観光文化プロデューサーとして働き、仕事のひとつに「松江物語」を小説家にすすめていました。国宝松江城を築いた堀尾吉晴については中村彰彦さんに『戦国はるかなれど　堀尾吉晴の生涯』で描いていただきましたが、いまひとり松江で小説になる人物として、茶の湯を文化に高め、領民を豊かにする産業まで生み出した、松江松平家七代藩主松平不昧が描ける作家を、さがしていたのです。第百四十回平成二十（二〇〇八）年下半期直木賞、『利休にたずねよ』の山本兼一さんに会いたいと思い、入口に行き贈呈式会場に入れていただきました。しかし、山本さんは向かい合い目を見ようとすると、目を合せないのです。この人とは仕事はできないと感じました。残念なことになったこの回で、しかし、嬉しいことがありました。宮部みゆきさんが初めて直木賞選考委員となっての感想を聞かせてくださったことです。

「松平不昧物語」のことでは、第百四十八回平成二十四（二〇一二）年下半期直木賞『等伯』の安部龍太郎さんに感じるものがあり、この回の贈呈式にも上京して入場させていただきました。安部さんへの挨拶の列に並び、順番を待ちました。安部さんと向い合ったとき、この人なら、と思いました。以前の文藝担当編集者の私だったら、次の日に訪ねて行ったと思ったものです。私は、その身の上ではありません。「ぜひ、松江にお越しください」とのみ言って、次の挨拶を待つ人とかわりました。

どうしても立ち合いたかったのは、第百五十三回平成二十七（二〇一五）年上半期の又吉直樹さんの芥川賞贈呈式でした。他でもない後輩の浅井茉莉子《まりこ》君が担当者だったからです。その日、浅井君がどのような気持でいるか、受賞作を担当したことのある編集者でないとわからないものがあるのです。このようなとき、何と言葉をかけたものか、誰にもわからないだろうと思ったからです。そして、いま一回は、第百五十八回平成二十九（二〇一七）年下半期の芥川賞・直木賞の贈呈式。この回の芥川賞受賞者の一人、『おらおらでひとりでいぐも』の若竹千佐子さんの受賞作を手掛けたのは、河出書房新社の「文藝」編集長である尾形龍太郎君です。尾形君にお祝いを言い、若竹さんに紹介していただくためでした。尾形君は、私の学生時代の同級生の子息で、学生のころから文藝担当の編集者を志し、私を幾度か訪ねてきていました。河出書房新社に入社後も、何かにつけて連絡し、会うこともあったのです。その尾形君が、「文藝」新人賞に選び出した作品の、芥川賞受賞です。編集者として、この日がどれほど嬉しいか。この喜びは、しかし自分のものであって自分のものでない、何か虚しいものなのです。昨日までは、自分だけのものであった者が、みんなの者になっている。それを望んでいたものの、何か淋しい。この気持は受賞作を手がけた編集者でないと実感できないのです。長年の努力を褒めて、ひとこと「よかった。でも、これからですよ」と言ってみたいものの、浅井君のときと同様に尾形君にも言葉にならないのです。黙って、互い顔に笑みを浮かべて、ただただ頷きあったのでした。浅井君、そしてこの尾形君に、文藝編集者はこのようであるべきなどと言ったことなどありませんが、遠く近く私の仕事を見聞きして、何かを感じていたのかもしれません。

　この日、私は初めての経験をしました。会場右手の選考委員の席の顔ぶれを目にした時、ほとんどが、私がデビューに立ち合った作家、また受賞決定を知らせた方々であるのに気づいたのです。

　この作家たちと日本の小説の五十年の歩みをともにしてきたのだと思うと、胸にこみあげてくるものがありました。

あとがき

文藝春秋に足かけ三十八年勤め、文藝担当の編集者として働きました。人事異動で編集部をめぐりましたが、どこに席を移しても、社が係りを持つ日本文学振興会が主催する芥川龍之介賞・直木三十五賞にたずさわる身の上でした。何年かは、その運営と進行の責任者をつとめました。退社してから、招聘されて松江観光文化プロデューサーの職に就きましたが、ここでは作家による文藝講座、講演会、各種催しを企画し、また松江を舞台にした小説、縁の人を描く物語の創出も手がけ、その担い手を求め、両賞の受賞作、受賞者に注目し続けました。また、三月、九月の受賞作掲載号の「文藝春秋」「オール讀物」を求め、仲間たちと読み会を開いています。よって、五十年余をこの賞とともに過ごしてきたと言っていいかと思います。

その年月の間、経験したこと、また知ることとなった事実で、この両賞を深く知るためと思って、記憶をよみがえらせて、この一書を著しました。書いていますと、次々と思い出されることがあって、時間的には前後することも触れています。つとめて、混乱のないようにしましたが、人の記憶の層は整理して表現できるものでないことを知りました。そして、それは自らの暮らしの中の出来事でもありました。それを避けて語ることは不可能で、よって、さながら芥川賞・直木賞にそって記す自叙伝のようになりました。このような個人的な書き物でありながら、芥川賞・直木賞について、これまでにない内容に着目していただき、出版を引き受けていただいた株式会社青志社・阿蘇品蔵さんに、心からお礼申し上げます。

自分が保存している社内選考委員の頃の資料、長らく日本文学振興会の担当役員をしていた徳田雅彦さんから託された書面、振興会事務局長の頃、その全容を知るために読み込んだすべての資料綴りの中から、この両賞をよりよく理解していただくため、必要と思われることに関しては、徳田さんの申し渡しにそって、私の責任で記しました。ひとえにこの賞がさらに発展していくためと願ってのことです。関係者、また世の諸賢のご理解を願う次第です。

芥川龍之介賞・直木三十五賞は世界でも例のない、歴史を持つ文学賞です。ここまでになったのも、ひとえに厳正な審査をしているからです。その選考は、どのように行われているか。賞の運営と進行は、いかに行われるか。私は、すべてを書きました。

これは、芥川賞・直木賞に係った作家たちと一人の編集者のものがたり。「誰もが知っている賞の、誰もが知らない話」です。

高橋一清

令和二年　初頭

本書は書き下ろしです。

高橋一清

たかはし　かずきよ

昭和十九（一九四四）年、島根県益田市に生まれる。
同四十二（一九六七）年、早稲田大学第一文学部文学科国文学専修卒業、株式会社文藝春秋に入社。
平成二（一九九〇）年より「別冊文藝春秋」編集長、同六（一九九四）年からは「文春文庫」部長、
同八（一九九六）年より日本文学振興会事務局長、翌九年に理事として同財団の運営に当たる。
同十二（二〇〇〇）年、「私たちが生きた20世紀」特別編集長。
以後、「文藝春秋臨時増刊」編集長を定年退社まで務めた。
同十七（二〇〇五）年四月より同三十一（二〇一九）年三月まで松江観光文化プロデューサー。
現在、「湖都松江」編集を担当、「松江文学学校」を主宰。
著書に『芥川賞・直木賞をとる！（『あなたも作家になれる』改題）』
『編集者魂』『作家魂に触れた』『百冊百話』『近影遠影』、
編著に『古事記と小泉八雲』『松江観光事典』『松江特集』
『松江怪談』『私が見た松江』『和の心　日本の美　松江』などがある。

芥川賞　直木賞　秘話

二〇二〇年一月二〇日　第一刷発行
二〇二〇年一月二十九日　第二刷発行

著者――――高橋一清
編集人・発行人――阿蘇品 蔵
発行所――――株式会社青志社
〒一〇七―〇〇五二　東京都港区赤坂六―二―十四　レオ赤坂ビル四階
（編集・営業）
TEL：〇三―五五七四―八五一一　FAX：〇三―五五七四―八五一二
http://www.seishisha.co.jp/

本文組版――――株式会社キャップス
印刷・製本――――中央精版印刷株式会社

ISBN 978-4-86590-097-2 C0095